· 语文阅读推荐丛书 ·

中国现代诗歌选

艾 青等 / 著

人民文学出版社

图书在版编目(CIP)数据

中国现代诗歌选/艾青等著.—北京：人民文学出版社,2018
(2025.9重印)
(语文阅读推荐丛书)
ISBN 978-7-02-013993-4

Ⅰ.①中… Ⅱ.①艾… Ⅲ.①诗集—中国—现代 Ⅳ.①I226

中国版本图书馆 CIP 数据核字(2020)第 140421 号

责任编辑　郭　娟　李玉俐　周墨西　陈建宾
装帧设计　李思安　崔欣晔
责任校对　李义洲
责任印制　董宏阳

出版发行　人民文学出版社
社　　址　北京市朝内大街 166 号
邮政编码　100705

印　　刷　侨友印刷(河北)有限公司
经　　销　全国新华书店等
字　　数　126 千字
开　　本　650 毫米×920 毫米　1/16
印　　张　17　插页 1
印　　数　144001—148000
版　　次　2018 年 4 月北京第 1 版
印　　次　2025 年 9 月第 32 次印刷

书　　号　978-7-02-013993-4
定　　价　26.00 元

如有印装质量问题，请与本社图书销售中心调换。电话：010-59905336

出 版 说 明

从2017年9月开始,在国家统一部署下,全国中小学陆续启用了教育部统编语文教科书。统编语文教科书加强了中国优秀传统文化教育、革命传统教育以及社会主义先进文化教育的内容,更加注重立德树人,鼓励学生通过大量阅读提升语文素养、涵养人文精神。人民文学出版社是新中国成立最早的大型文学专业出版机构,长期坚持以传播优秀文化为己任,立足经典,注重创新,在中外文学出版方面积累了丰厚的资源。为配合国家部署,充分发挥自身优势,为广大学生课外阅读提供服务,我社在总结以往经验的基础上,邀请专家名师,经过认真讨论、深入调研,推出了这套"语文阅读推荐丛书"。丛书收入图书百余种,绝大部分都是中小学语文课程标准和统编语文教科书推荐阅读书目,并根据阅读需要有所拓展,基本涵盖了古今中外主要的文学经典,完全能满足学生成长过程中的阅读需要,对增强孩子的语文能力,提升写作水平,都有帮助。本丛书依据的都是我社多年积累的优秀版本,品种齐全,编校精良。每书的卷首配导读文字,介绍作者生平、写作背景、作品成就与特点;卷末附知识链接,提示知识要点。

在丛书编辑出版过程中,统编语文教科书总主编温儒敏教授,给予了"去课程化"和帮助学生建立"阅读契约"的指导性意见,即尊重孩子的个性化阅读感受,引导他们把阅读变成一种兴趣。所以本丛书严格保证作品内容的完整性和结构的连续性,既不随意删改作品内容,也不破坏作品结构,随文安插干扰阅读的多余元素。相信这套丛书会成为广大中小学生的良师益友和家庭必备藏书。

人民文学出版社编辑部
2018 年 3 月

目　次

导读：何谓"中国现代新诗" …………………………… 1

郭沫若
匪徒颂 …………………………………………………… 1
凤凰涅槃 ………………………………………………… 5
炉中煤
　　——眷念祖国的情绪 ……………………………… 17
天狗 ……………………………………………………… 19
天上的街市 ……………………………………………… 21

冰　心
繁星（节选） …………………………………………… 22
春水（节选） …………………………………………… 26
纸船 ……………………………………………………… 27

朱　湘
葬我 ……………………………………………………… 28

废　名
栽花 ……………………………………………………… 29
灯 ………………………………………………………… 30
十二月十九夜 …………………………………………… 31

冯　至

　　我是一条小河 …………………………………… 32

　　蛇 ……………………………………………… 34

　　"南方的夜" …………………………………… 35

　　我们并立在高高的山巅 ………………………… 37

闻一多

　　太阳吟 …………………………………………… 38

　　红烛 ……………………………………………… 41

　　口供 ……………………………………………… 44

　　死水 ……………………………………………… 45

　　祈祷 ……………………………………………… 47

　　发现 ……………………………………………… 49

　　一句话 …………………………………………… 50

　　心跳 ……………………………………………… 51

徐志摩

　　沙扬娜拉

　　　　——赠日本女郎 ……………………………… 53

　　雪花的快乐 ……………………………………… 54

　　偶然 ……………………………………………… 56

　　我不知道风是在那一个方向吹 ………………… 57

　　生活 ……………………………………………… 59

　　再别康桥 ………………………………………… 60

　　你去 ……………………………………………… 62

　　我有一个恋爱 …………………………………… 64

　　火车擒住轨 ……………………………………… 66

　　云游 ……………………………………………… 69

林徽因

　　那一晚 ………………………………………… 70

　　仍然 …………………………………………… 72

　　激昂 …………………………………………… 73

　　深夜里听到乐声 ……………………………… 75

　　情愿 …………………………………………… 76

　　莲灯 …………………………………………… 77

　　别丢掉 ………………………………………… 78

　　你是人间的四月天

　　　　——一句爱的赞颂 ……………………… 79

　　深笑 …………………………………………… 81

　　记忆 …………………………………………… 83

陈梦家

　　一朵野花 ……………………………………… 84

　　雁子 …………………………………………… 85

臧克家

　　老马 …………………………………………… 86

　　烙印 …………………………………………… 87

　　三代 …………………………………………… 89

　　有的人

　　　　——纪念鲁迅有感 ……………………… 90

艾　青

　　大堰河——我的保姆 ………………………… 92

　　太阳 …………………………………………… 97

　　复活的土地 …………………………………… 99

　　雪落在中国的土地上 ………………………… 101

　　手推车 ………………………………………… 105

3

乞丐 ………………………………………… 107
　　我爱这土地 …………………………………… 109
　　旷野 ………………………………………… 110
　　时代 ………………………………………… 116
田　间
　　假使我们不去打仗 …………………………… 119
　　义勇军 ………………………………………… 120
何其芳
　　预言 ………………………………………… 121
　　欢乐 ………………………………………… 123
　　秋天 ………………………………………… 124
　　花环
　　　——放在一个小坟上 …………………… 125
　　岁暮怀人 ……………………………………… 126
　　爱情 ………………………………………… 128
　　我为少男少女们歌唱 ………………………… 130
　　生活是多么广阔 ……………………………… 132
卞之琳
　　水成岩 ………………………………………… 133
　　距离的组织 …………………………………… 134
　　尺八 ………………………………………… 136
　　圆宝盒 ………………………………………… 138
　　断章 ………………………………………… 140
　　音尘 ………………………………………… 141
　　鱼化石 ………………………………………… 142
戴望舒
　　雨巷 ………………………………………… 143

我的记忆 …………………………………… *146*

　　狱中题壁 …………………………………… *148*

　　我用残损的手掌 …………………………… *149*

　　示长女 ……………………………………… *151*

绿　原

　　小时候 ……………………………………… *153*

　　诗与真 ……………………………………… *155*

　　存在 ………………………………………… *158*

　　航海 ………………………………………… *159*

牛　汉

　　华南虎 ……………………………………… *160*

　　悼念一棵枫树 ……………………………… *163*

　　麂子 ………………………………………… *167*

　　我是一颗早熟的枣子 ……………………… *169*

　　汗血马 ……………………………………… *171*

　　夜 …………………………………………… *173*

　　酷夏，一个人在北京自言自语 …………… *174*

阿　垅

　　犹大 ………………………………………… *176*

　　无题 ………………………………………… *178*

曾　卓

　　悬崖边的树 ………………………………… *179*

穆　旦

　　在寒冷的腊月的夜里 ……………………… *180*

　　赞美 ………………………………………… *182*

　　春 …………………………………………… *185*

　　诗八首 ……………………………………… *186*

　　三十诞辰有感 ……………………………… *190*

5

智慧之歌 …………………………………… 192
冥想 ………………………………………… 194
冬 …………………………………………… 196

郑　敏
金黄的稻束 ………………………………… 200
树 …………………………………………… 201
雷诺阿的《少女画像》 …………………… 203
村落的早春 ………………………………… 204

陈敬容
水和海 ……………………………………… 206
雨后 ………………………………………… 208
英雄的沉默 ………………………………… 209
假如你走来 ………………………………… 210

辛　笛
风景 ………………………………………… 212
人生 ………………………………………… 213

杜运燮
无题 ………………………………………… 214
追物价的人 ………………………………… 216

杭约赫
知识分子 …………………………………… 218
最初的蜜
　　——写给在狱中的M ………………… 220

袁可嘉
沉钟 ………………………………………… 222
难民 ………………………………………… 223

知识链接 ……………………………………… 224

6

导读:何谓"中国现代新诗"

何谓"中国现代新诗"呢?

通常所说的中国现代新诗,指的是"五四"前后出现的白话诗歌,较早发表新诗作品的是胡适,他在1917年2月的《新青年》杂志上,率先发表了《白话诗八首》,包括《蝴蝶》《风在吹》《湖上》《梦与诗》《醉》《老鸦》《大雪里一个红叶》和《夜》八首诗歌,这些诗歌成为中国现代新诗的开山之作。

中国现代新诗它持续到今已经有100年的历史了,出现了郭沫若、徐志摩、戴望舒、冯至、卞之琳、艾青、穆旦、食指、北岛、海子等著名诗人,产生了白话诗派、小诗诗派、象征派、新月派、现代派、七月诗派、中国新诗派、朦胧诗派、"第三代"诗歌等现代新诗派别,为我们留下了《天狗》《再别康桥》《雨巷》《十四行集》《断章》《我爱这土地》《诗八首》《相信未来》《回答》《面朝大海,春暖花开》等经典名篇。到现在,中国现代新诗已经构成了当代中国人文学遗产和精神需要的重要组成部分。

中学语文教育在近些年也加强了中国现代新诗的教学,各种教材(包括必修、选修课的教材)都有新诗篇目入选。但是,现在一个比较突出的问题就是大家反映这是语文学习中的难点,教师如何教,学生如何学,怎样入手,怎样才是进入了诗歌的艺术世界,一时很难把握。

那么,我们如何阅读、欣赏中国新诗呢?

但凡诗歌艺术,无论古今中外都有欣赏的共同方寸,如诗歌意象、情感、节奏等特殊意味的形态。不过,作为适应现代中国人生存状态,反映现代中国人精神思想的诗歌形式,我们对中国现代新诗的阅读欣赏就有必要格外注意其形态的特殊性,并在熟悉和了解这些特殊形态的基础上,调整我们的阅读心态和阅读方式。

这种新质的重要标志就是中国现代新诗中白话的运用,并由此建立了一套新的诗歌体系,构建出与古典诗歌伦理道德的"言志、载道"思想不同的现代新精神,即对民主、科学、个性解放的追求。进而言之,中国现代新诗的内涵,就不是对古代中国乡村农业文明的简单再现,而是对走出中国传统社会之后的工业文明、商业文明、城市文明等新型的复杂的社会样式的体现,当然也包含了现代人在新历史条件之下"回看"乡村的情感经验。于是,这就有了与古典诗歌相异的表达意象、表达内容和表现方式。

阅读中国新诗之时,应当特别注意体会和理解这些"现代"的情感、思想与语言。

首先是注意把握诗歌的现代情绪。现代中国诗人是在"个体觉醒"的时代潮流中开始写作的。"五四运动"的变革,给中国从文学到社会带来的一个重大的转型就是现代社会中"人"的发现,即"个人"的发现。在个体觉醒和个性复苏的时代下,人的价值就被重新发现和审理,人本身无限的丰富性和复杂性就绽放出来。所谓"现代"情绪当在这个基础上理解。相对于古典诗歌,中国现代新诗侧重的是个人的情绪,而且这种现代情绪有时候出现了一种极端的趋势,可以说达到了"极情"的样态,它有别于古典诗歌的"乐而不淫,哀而不伤",走出含蓄、优雅的窠臼。现代新诗中的情绪,不是在"规范"中行进的,也往往不是处于"常态"之下的感受,而是在摆脱了一切自然规范的内心的最原初的冲动和体验,展现出的是内在感受的自由奔跑。

情绪的繁复和多样,更便于我们透视生命本身深层的欲望、本能、潜意识以及梦幻等"内部精神世界"。例如郭沫若的《天狗》道出的便是诗人无所顾忌的狂喜之情,它上下翻飞,左冲右突,甚至到达了难以自控的程度,这在传统诗歌创作中是难以想象的,阅读这样的诗歌,需要调整我们的阅读习惯。

把握中国新诗的现代情绪,我们必须对这一精神现象的运动特征自觉追踪,能够认知"情绪"自身组成的方式和运行方向,对情绪内在的矛盾性体察入微,例如闻一多《死水》《一句话》,看似常见的爱国主义情怀,却在热爱传统/憎恶现实、讴歌文化/诅咒政治之间纠结不已,不理解这些内在情绪的矛盾,就无法透视中国知识分子的现代意识。

其次,要认识现代诗歌的特殊的意象结构。

众所周知,意境是中国古代艺术审美理想的核心,归根结底,这是农业文明时代物质环境与自我生存相互协调的结果。但是,在现代社会的发展中,中国现代工商业文化发展成为了主流,中国古典诗歌的自然基础受到了严重的改变,失去了生成意境的社会和文化根基,在这样的环境下,古典诗歌的意境美学规范基本失效了。虽然在现代新诗中,也有自然物象的呈现,但是,这时人与自然的关系已经不再是那样的理想状态的物我合一的意境,而是一种自然与人的破碎、分裂的体验。人与自然、人与世界的相遇没有了最原初的和谐与亲近。特别是随着现代性的"我"的出现,现代新诗的创作进入了"意象"独自发展的时代。即便是"自然"之"象",也更像是人的主观思想和情绪的影射物,而不是"以物观物"的"原生态"的意象。冯至的《蛇》告诉我们:"我的寂寞是一条长蛇,冰冷地没有言语。""蛇"如何承载了"寂寞"的感受,还必须深入到冯至的主观人生经验之中,它已经不再如古代诗歌那样,人"意"与物"象"之间形成一种无须解说的天然的"同构"关系:"零落成泥碾作尘,只有香如故"(陆游《卜算子·咏梅》),"此夜曲中闻折柳,何人不起故园情?"(李白《春夜洛城闻笛》)

当然,在独立发展意象成为现代诗歌主导取代"意境"之时,中国古典诗歌"神与物游""应物斯感"的"意境"之美依然散发出独特的魅力,吸引中国诗人不断回归、缅怀与致敬。冰心、徐志摩、戴望舒、何其芳等人的创作,总是情不自禁地把古典诗歌意境带入现代写作之中,营造出现代诗歌中的"古典之境"。

再次,我们有必要挖掘现代诗歌的哲理内涵。

中国的古典诗歌在总体上以感情的抒发为主,形成了感性抒怀的基本方式,到了宋代,诗人们对现实生活开始了冷静客观的观察和思考,在诗歌中加入了新的特质——理,以此作为他们对既往诗歌的反叛和丰富。但是我们仍然看到,此时的"理"依然融于景物之中,即便对人事社会和人生意义展开议论,诗人们最终关心的还是"理趣",而且思考也主要是局限在伦理道德的层面,也就是说真正深入持久的理性追问还是不够。

现代新诗则不同,它思考的是现代人在现代生存中所遭遇的现代困境,它是以强烈的个人体验为基础,透过个体的存在经验楔入现代生存的深处,以理性之光来审理生命和宇宙。特别是鸦片战争之后,中国知识分子经历了西方思想资源的洗礼,在新旧文化痛苦挣扎中思考,面对现实中诸多复杂的问题,浅尝辄止的传统"理趣"已然不够,深入而执拗的理性抒情成了必然。这就是中国现代新诗独特的哲理内涵,它就是胡适所说的"高深的思想和复杂的情感",这里不只是对爱情、亲情、友情等人事道理的简单感悟,更是对人、生命、时空、宇宙、存在等问题的思考和清理,与古典诗歌相比,现代新诗的哲理内涵就更加复杂和深邃。中国新诗的理性之思从卞之琳、冯至开始自觉形成,到"中国新诗派"已较为成熟。穆旦的《诗八首》不是两情相悦的小情绪,而是有关人类"爱情行为"的形而上的审视。再如《赞美》这样的抒情已经不再是单纯的民族情怀的抒发,其中蕴含了大量沉痛的历史与现实思索,可以说,到穆旦、艾青这样的诗人那里,抒情总是与思考结合在一起的,这才是现代诗歌的沉郁顿挫之美!

最后,我们也要适当注意中国新诗中"抒情"和"叙事"的各种不同的组合方式。

五四新文学运动为叙事诗的生长提供了一个新的契机,随着"作诗歌如作文""散文化"等诗歌概念的提出,中国现代叙事诗新的生长成为可能。沈玄庐的《十五娘》、朱湘的《王娇》和冯至的《蚕马》《吹箫人的故事》等,把叙事和抒情完美地结合起来,展现了一个个生动活泼的故事,同时又体现出强烈的时代精神,将现代叙事诗提升到一个新的高度。

到1990年代以后,诗歌界更将"叙事"作为诗学概念提出,强调诗歌中叙事因素的使用。这与作为文类划分"叙事诗"是不一样的,"叙事"已经成为一种基本的语言追求,这就是诗人对于现实问题的新的回应和表达,在貌似客观的叙事性讲述中超越一般抒情的陈词滥调,比如于坚的《〇档案》,诗人通过对事件、故事、场景的刻绘完成对人的意义的思考,实现对情绪的独特的展现。阅读中国新诗,也要注意理解这种独特的"叙事"形态。

编选者告诉我,这个选本的选择标准是当代人耳熟能详的诗人名家,当代人认知感强的诗作名篇,尽量是短诗、可吟诵——限于标准,也限于篇幅,一些优秀的长诗和具有文学史意义的某些诗人的诗作没有选入;不过,从适合当代人特别是中学生学习、朗读诗歌的角度看,这个选本已经很丰富了。同时,我也期待着这个选本继续做下去,将 1949 年后诸多名家名作编选出来。

李　怡

郭沫若

匪 徒 颂

匪徒有真有假。

《庄子·胠箧》篇里说:"故跖之徒问于跖曰:'盗亦有道乎?'跖曰:'何适而无有道耶?夫妄意室中之藏,圣也;入先,勇也;出后,义也;知可否,智也;分均,仁也。五者不备而能成大盗者,天下未之有也。'"

像这样身行五抢六夺,口谈忠孝节义的匪徒是假的。照实说来,他们实在是军神武圣的标本。

物各从其类,这样的假匪徒早有我国的军神武圣们和外国的军神武圣们赞美了。小区区非圣非神,一介"学匪",只好将古今中外的真正的匪徒们来赞美一番吧。

———一———

反抗王政的罪魁,敢行称乱的克伦威尔呀![1]

---

[1] 克伦威尔(O. Cromwell,1599—1653),英国十七世纪资产阶级革命领袖,曾率领起义军战胜王党军队,处死英王查理一世,建立共和国。

私行割据的草寇,抗粮拒税的华盛顿呀!
　　图谋恢复的顽民,死有余辜的黎塞尔呀!①
　　西北南东去来今,
　　　一切政治革命的匪徒们呀!
　　　　万岁!万岁!万岁!

二

　　鼓动阶级斗争的谬论,饿不死的马克思呀!
　　不能克绍箕裘,甘心附逆的恩格斯呀!②
　　亘古的大盗,实行共产主义的列宁呀!③
　　西北南东去来今,
　　　一切社会革命的匪徒们呀!
　　　　万岁!万岁!万岁!

---

① 黎塞尔(J. Rizal,1861—1896),现通译为黎萨尔,菲律宾的爱国诗人和民族独立运动领袖。他以诗文作号召,为争取菲律宾的自由、民主,从事反抗当时菲律宾统治者西班牙的斗争,后被西班牙殖民统治当局枪杀。
② 克绍箕裘,继承祖先的事业。《礼记·学记》:"良冶之子,必学为裘;良弓之子,必学为箕。"恩格斯的父亲是工厂主,后来又曾在英国经商,属于资产阶级。"不能克绍箕裘,甘心附逆",反语,意指恩格斯背叛了他的父亲所属的阶级,投身于无产阶级解放事业。
③ 以上三句,在一九二一年《女神》初版本中作:
　　倡导社会改造的狂生,瘐而不死的罗素呀!
　　倡导优生学的怪论,妖言惑众的哥尔栋呀!
　　亘古的大盗,实行波尔显威克的列宁呀!
一九二八年编入《沫若诗集》时,作者改如今本。

2

三

反抗婆罗门的妙谛,倡导涅槃邪说的释迦牟尼呀!①
兼爱无父、禽兽一样的墨家巨子呀!②
反抗法王的天启,开创邪宗的马丁路德呀!③
西北南东去来今,
　　一切宗教革命的匪徒们呀!
　　　　万岁!万岁!万岁!

四

倡导太阳系统的妖魔,离经畔道的哥白尼呀!④
倡导人猿同祖的畜生,毁宗谤祖的达尔文呀!⑤
倡导超人哲学的疯癫,欺神灭像的尼采呀!⑥
西北南东去来今,
　　一切学说革命的匪徒们呀!

---

① 释迦牟尼,佛教的创始者,古代印度北部迦毗罗卫国(现在尼泊尔境内)净饭王的儿子。佛经说他年轻时不满当时流行的婆罗门教教义,创立了佛教。他倡导长期修行,灭绝一切人世烦恼,以达到功德圆满所谓"涅槃"的最高境界。
② 《孟子·滕文公》篇:"杨氏为我,是无君也,墨氏兼爱,是无父也,无父无君是禽兽也。"巨子,墨家学派对其领袖的尊称。
③ 马丁路德(Martin Luther,1483—1546),十六世纪德国宗教改革的倡导者。他否定教皇权威,反抗陈规和天主教旧的教义,创立新教,成为基督教路德派的创始人。
④ 哥白尼(N. Copernicus,1473—1543),波兰天文学家,"日心说"的创始人。他创立了地球绕日运行的学说,推翻了天文学上统治了一千多年的"地心说",是天文学上一次重大的革命,也是对基督教传统教义的背叛。
⑤ 达尔文(C. R. Darwin,1809—1882),英国生物学家,科学的生物进化学说创始人。他提出人类由古猿进化的理论是近代自然科学的重大发现。
⑥ 尼采(F. Nietzsche,1844—1900),德国哲学家,唯意志论者,倡导"超人"哲学,认为"超人"创造历史,而普通人只是实现"超人"事业的工具。

万岁！万岁！万岁！

五

反抗古典三昧的艺风，丑态百出的罗丹呀！①
反抗王道堂皇的诗风，饕餮粗笨的惠特曼呀！
反抗贵族神圣的文风，不得善终的托尔斯泰呀！②
西北南东去来今，
  一切文艺革命的匪徒们呀！
    万岁！万岁！万岁！

六

不安本分的野蛮人，教人"返自然"的卢梭呀！③
不修边幅的无赖汉，擅与恶疾儿童共寝的丕时大罗启呀！④
不受约束的亡国奴，私建自然学园的泰戈尔呀！
西北南东去来今，
  一切教育革命的匪徒们呀！
    万岁！万岁！万岁！

---

① 罗丹（A. Rodin, 1840—1917），法国雕塑家。他倡导现实主义的创作方法，塑造出许多风格新颖、生动有力的艺术形象，对近代雕塑艺术有较大的影响。由于他在艺术上的创新，不受传统的约束，曾受到法国正统学派的抨击。
② 托尔斯泰晚年厌弃贵族生活，弃家出走，途中患肺炎，死于阿斯塔波沃车站。
③ 卢梭（J. J. Rousseau, 1712—1778），法国启蒙思想家、教育家和文学家。他提出"回到自然"的口号，主张顺应儿童的自然本性，让他们身心自由发展的教育学说。
④ 丕时大罗启（J. H. Pestalozzi, 1746—1827），现通译为裴斯泰洛齐，瑞士的教育家，曾建立学校，根据卢梭的教育理论教育贫苦儿童。

凤凰涅槃[①]

天方国[②]古有神鸟名"菲尼克司"(Phoenix),满五百岁后,集香木自焚,复从死灰中更生,鲜美异常,不再死。

按此鸟殆即中国所谓凤凰:雄为凤,雌为凰。《孔演图》云:"凤凰火精,生丹穴。"[③]《广雅》云:"凤凰……雄鸣曰即即,雌鸣曰足足。"[④]

序　曲

除夕将近的空中,
飞来飞去的一对凤凰,
唱着哀哀的歌声飞去,
衔着枝枝的香木飞来,

[①] 涅槃,梵语 Nirvana 的音译,意即圆寂,指佛教徒长期修炼达到功德圆满的境界。后用以称僧人之死,有返本归真之义。这里以喻凤凰的死而再生。
[②] 我国古代称阿拉伯半岛一带伊斯兰教发源地为天方或天房。
[③] 《孔演图》应作《演孔图》,汉代纬书名。原书已佚,后来有辑本。据清代马国翰《玉函山房辑佚书》所辑《春秋纬·演孔图》:"凤,火之精也,生丹穴,"《山海经·南次三经》:"丹穴之山,其上多金玉。……有鸟焉,其状如鸡,五采而文,名曰凤凰。"
[④] 《广雅》,三国时魏人张揖著。这里所引见《广雅·释鸟》。

飞来在丹穴山上。

山右有枯槁了的梧桐,
山左有消歇了的醴泉,
山前有浩茫茫的大海,
山后有阴莽莽的平原,
山上是寒风凛冽的冰天。

天色昏黄了,
香木集高了,
凤已飞倦了,
凰已飞倦了,
他们的死期将近了。

凤啄香木,
一星星的火点迸飞。
凰扇火星,
一缕缕的香烟上腾。

凤又啄,
凰又扇,
山上的香烟弥散,
山上的火光弥满。

夜色已深了,
香木已燃了,
凤已啄倦了,

凰已扇倦了,
他们的死期已近了!

啊啊!
哀哀的凤凰!
凤起舞,低昂!
凰唱歌,悲壮!
凤又舞,
凰又唱,
一群的凡鸟,
自天外飞来观葬。

凤 歌

即即!即即!即即!
即即!即即!即即!
茫茫的宇宙,冷酷如铁!
茫茫的宇宙,黑暗如漆!
茫茫的宇宙,腥秽如血!

宇宙呀,宇宙,
你为什么存在?
你自从哪儿来?
你坐在哪儿在?
你是个有限大的空球?
你是个无限大的整块?
你若是有限大的空球,

那拥抱着你的空间
他从哪儿来?
你的外边还有些什么存在?
你若是无限大的整块,
这被你拥抱着的空间
他从哪儿来?
你的当中为什么又有生命存在?
你到底还是个有生命的交流?
你到底还是个无生命的机械?

昂头我问天,
天徒矜高,莫有点儿知识。
低头我问地,
地已死了,莫有点儿呼吸。
伸头我问海,
海正扬声而呜唈。

啊啊!
生在这样个阴秽的世界当中,
便是把金刚石的宝刀也会生锈!
宇宙呀,宇宙,
我要努力地把你诅咒:
你脓血污秽着的屠场呀!
你悲哀充塞着的囚牢呀!
你群鬼叫号着的坟墓呀!
你群魔跳梁着的地狱呀!
你到底为什么存在?

我们飞向西方,
西方同是一座屠场。
我们飞向东方,
东方同是一座囚牢。
我们飞向南方,
南方同是一座坟墓。
我们飞向北方,
北方同是一座地狱。
我们生在这样个世界当中,
只好学着海洋哀哭。

凰 歌

足足!足足!足足!
足足!足足!足足!
五百年来的眼泪倾泻如瀑。
五百年来的眼泪淋漓如烛。
流不尽的眼泪,
洗不净的污浊,
浇不熄的情炎,
荡不去的羞辱,
我们这缥缈的浮生
到底要向哪儿安宿?

啊啊!
我们这缥缈的浮生

好像那大海里的孤舟。
左也是溟漫,
右也是溟漫,
前不见灯台,
后不见海岸,
帆已破,
樯已断,
楫已飘流,
柁已腐烂,
倦了的舟子只是在舟中呻唤,
怒了的海涛还是在海中泛滥。

啊啊!
我们这缥缈的浮生
好像这黑夜里的酣梦。
前也是睡眠,
后也是睡眠,
来得如飘风,
去得如轻烟,
来如风,
去如烟,
眠在后,
睡在前,
我们只是这睡眠当中的
一刹那的风烟。

啊啊!

有什么意思?
有什么意思?
痴!痴!痴!
只剩些悲哀,烦恼,寂寥,衰败,
环绕着我们活动着的死尸,
贯串着我们活动着的死尸。

啊啊!
我们年青时候的新鲜哪儿去了?
我们年青时候的甘美哪儿去了?
我们年青时候的光华哪儿去了?
我们年青时候的欢爱哪儿去了?
去了!去了!去了!
一切都已去了,
一切都要去了。
我们也要去了,
你们也要去了,
悲哀呀!烦恼呀!寂寥呀!衰败呀!

凤凰同歌

啊啊!
火光熊熊了。
香气蓬蓬了。
时期已到了。
死期已到了。
身外的一切!

身内的一切！

一切的一切！

请了！请了！

群鸟歌

岩　鹰

　　哈哈,凤凰！凤凰！

　　你们枉为这禽中的灵长！

　　你们死了吗？你们死了吗？

　　从今后该我为空界的霸王！

孔　雀

　　哈哈,凤凰！凤凰！

　　你们枉为这禽中的灵长！

　　你们死了吗？你们死了吗？

　　从今后请看我花翎上的威光！

鸱　枭

　　哈哈,凤凰！凤凰！

　　你们枉为这禽中的灵长！

　　你们死了吗？你们死了吗？

　　哦！是哪儿来的鼠肉的馨香？①

家　鸽

　　哈哈,凤凰！凤凰！

　　你们枉为这禽中的灵长！

---

① 《庄子·秋水》篇记载：有一种叫鹓鶵的鸟,"非梧桐不止,非练实不食,非醴泉不饮。"有鸱鸟得一腐鼠,看到鹓鶵飞过,以为要来抢它的腐鼠,就仰头对鹓鶵"吓"了一声。这里引用《庄子》这则寓言,以喻鸱枭看到凤凰死时的得意神情。

鹦　鹉

　　哈哈,凤凰！凤凰！
　　你们枉为这禽中的灵长！
　　你们死了吗？你们死了吗？
　　从今后请听我们雄辩家的主张！

白　鹤

　　哈哈,凤凰！凤凰！
　　你们枉为这禽中的灵长！
　　你们死了吗？你们死了吗？
　　从今后请看我们高蹈派①的徜徉！

凤凰更生歌

鸡　鸣

　　昕潮涨了,
　　昕潮涨了,
　　死了的光明更生了。

　　春潮涨了,
　　春潮涨了,
　　死了的宇宙更生了。

　　生潮涨了,

---

① 高蹈派,十九世纪中期法国资产阶级诗歌的一个流派,宣扬"为艺术而艺术"。

生潮涨了,

死了的凤凰更生了。

凤凰和鸣

我们更生了。

我们更生了。

一切的一,更生了。

一的一切,更生了。

我们便是他,他便是我。

我中也有你,你中也有我。

我便是你。

你便是我。

　　　火便是凰。

凤便是火。

翱翔!翱翔!

欢唱!欢唱!

我们新鲜,我们净朗,

我们华美,我们芬芳,

一切的一,芬芳。

一的一切,芬芳。

芬芳便是你,芬芳便是我。

芬芳便是他,芬芳便是火。

火便是你。

火便是我。

火便是他。

火便是火。

翱翔!翱翔!

欢唱！欢唱！

我们热诚，我们挚爱。
我们欢乐，我们和谐。
一切的一，和谐。
一的一切，和谐。
和谐便是你，和谐便是我。
和谐便是他，和谐便是火。
　　火便是你。
火便是我。
火便是他。
火便是火。
翱翔！翱翔！
欢唱！欢唱！

我们生动，我们自由，
我们雄浑，我们悠久。
一切的一，悠久。
一的一切，悠久。
悠久便是你，悠久便是我。
悠久便是他，悠久便是火。
火便是你。
火便是我。
火便是他。
火便是火。
翱翔！翱翔！
欢唱！欢唱！

15

我们欢唱,我们翱翔。
我们翱翔,我们欢唱。
一切的一,常在欢唱。
一的一切,常在欢唱。
是你在欢唱?是我在欢唱?
是他在欢唱?是火在欢唱?
欢唱在欢唱!
欢唱在欢唱!
只有欢唱!
只有欢唱!
欢唱!
　欢唱!
　　欢唱!

炉 中 煤

——眷念祖国的情绪

啊,我年青的女郎!
我不辜负你的殷勤,
你也不要辜负了我的思量。
我为我心爱的人儿
燃到了这般模样!

啊,我年青的女郎!
你该知道了我的前身?
你该不嫌我黑奴卤莽?
要我这黑奴的胸中,
才有火一样的心肠。

啊,我年青的女郎!
我想我的前身
原本是有用的栋梁,
我活埋在地底多年,
到今朝总得重见天光。

啊,我年青的女郎!
我自从重见天光,
我常常思念我的故乡,
我为我心爱的人儿
燃到了这般模样!

天　狗

我是一条天狗呀！
我把月来吞了，
我把日来吞了，①
我把一切的星球来吞了，
我把全宇宙来吞了。
我便是我了！

我是月底光，
我是日底光，
我是一切星球底光，
我是 X 光线底光，
我是全宇宙底 Energy② 底总量！

我飞奔，
我狂叫，

---

① 我国旧时迷信，以为日月蚀是天狗吞食日月，遇日蚀或月蚀时就敲锣打鼓驱赶天狗。
② Energy，物理学所研究的"能"。

我燃烧。
我如烈火一样地燃烧!
我如大海一样地狂叫!
我如电气一样地飞跑!
我飞跑,
我飞跑,
我飞跑,
我剥我的皮,
我食我的肉,
我吸我的血,
我啮我的心肝,
我在我神经上飞跑,
我在我脊髓上飞跑,
我在我脑筋上飞跑。

我便是我呀!
我的我要爆了!

天上的街市

远远的街灯明了,
好像闪着无数的明星。
天上的明星现了,
好像点着无数的街灯。

我想那缥渺的空中,
定然有美丽的街市。
街市上陈列的一些物品,
定然是世上没有的珍奇。

你看,那浅浅的天河,
定然是不甚宽广。
那隔河的牛郎织女,
定能够骑着牛儿来往。

我想他们此刻,
定然在天街闲游。
不信,请看那朵流星,
那怕是他们提着灯笼在走。

冰 心

繁 星（节选）

一〇

嫩绿的芽儿,
　和青年说：
"发展你自己！"

淡白的花儿,
　和青年说：
"贡献你自己！"

深红的果儿,
　和青年说：
"牺牲你自己！"

一二

人类呵!
相爱罢,
　我们都是长行的旅客,
　　向着同一的归宿。

三三

母亲呵!
撇开你的忧愁,
　容我沉酣在你的怀里,
只有你是我灵魂的安顿。

三六

阳光穿进石隙里,
　和极小的刺果说:
"借我的力量伸出头来罢,
　解放了你幽囚的自己!"

树干儿穿出来了,
　坚固的盘石,
　　裂成两半了。

四五

言论的花儿
　　开得愈大,
行为的果子
　　结得愈小。

五五

成功的花,
　　人们只惊慕她现时的明艳!
　　　然而当初她的芽儿,
　　　　浸透了奋斗的泪泉,
　　洒遍了牺牲的血雨。

八七

知识的海中,
　　神秘的礁石上,
　　　处处闪烁着怀疑的灯光呢。
感谢你指示我,
　　生命的舟难行的路!

一〇三

时间!

现在的我，
　　太对不住你么？
然而我所抛撇的是暂时的，
　　我所寻求的是永远的。

一五九

母亲呵！
天上的风雨来了，
　　鸟儿躲到它的巢里；
心中的风雨来了，
　　我只躲到你的怀里。

春 水(节选)

三三

墙角的花!
你孤芳自赏时,
　天地便小了。

一四六

经验的花
　结了智慧的果
智慧的果,
　却包着烦恼的核!

纸 船

寄母亲

我从不肯妄弃了一张纸,
　　总是留着——留着,
叠成一只一只很小的船儿,
从舟上抛下在海里。

有的被天风吹卷到舟中的窗里,
　　有的被海浪打湿,沾在船头上。
我仍是不灰心的每天的叠着,
　　总希望有一只能流到我要它到的地方去。

母亲,倘若你梦中看见一只很小的白船儿,
　　不要惊讶它无端入梦。
这是你至爱的女儿含着泪叠的,
　　万水千山求它载着她的爱和悲哀归去。

朱 湘

葬 我

葬我在荷花池内，
耳边有水蚓拖声，
在绿荷叶的灯上，
萤火虫时暗时明——

葬我在马樱花下，
永作着芬芳的梦——
葬我在泰山之巅，
风声呜咽过孤松——

不然，就烧我成灰，
投入泛滥的春江，
与落花一同漂去，
无人知道的地方。

废 名

栽　花

我梦见我跑到地狱之门栽一朵花，
回到人间来看是一盏鬼火。

灯

深夜读书，
释手一本老子《道德经》之后，
若抛却吉凶悔吝
相晤一室。
太疏远莫若拈花一笑了，
有鱼之与水，
猫不捕鱼，
又记起去年冬夜里地席上看见一只小耗子走路，
夜贩的叫卖声又做了宇宙的言语，
又想起一个年青人的诗句
鱼乃水之花。
灯光好像写了一首诗，
他寂寞我不读他。
我笑曰，我敬重你的光明。
我的灯又叫我听街上敲梆人。

十二月十九夜

深夜一枝灯,
若高山流水,
有身外之海。
星之空是鸟林,
是花,是鱼,
是天上的梦,
海是夜的镜子。
思想是一个美人,
是家,
是日,
是月,
是灯,
是炉火,
炉火是墙上的树影,
是冬夜的声音。

冯　至

我是一条小河

我是一条小河,
我无心由你的身边绕过——
你无心把你彩霞般的影儿
投入了我软软的柔波。

我流过一座森林——
柔波便荡荡地
把那些碧翠的叶影儿
裁剪成你的裙裳。

我流过一座花丛——
柔波便粼粼地
把那些凄艳的花影儿
编织成你的花冠。

无奈呀,我终于流入了,

流入那无情的大海——
海上的风又厉,浪又狂,
吹折了花冠,击碎了裙裳!

我也随了海潮漂漾,
漂漾到无边的地方——
你那彩霞般的影儿
竟也同幻散了的彩霞一样!

蛇

我的寂寞是一条长蛇,
冰冷地没有言语——
姑娘,你万一梦到它时,
千万啊,莫要悚惧!

它是我忠诚的侣伴,
心里害着热烈的乡思:
它在想着那茂密的草原——
你头上的,浓郁的乌丝。

它月光一般轻轻地,
从你那儿潜潜走过;
为我把你的梦境衔了来,
像一只绯红的花朵。

"南方的夜"

我们静静地坐在湖滨,
听燕子给我们讲讲南方的静夜。
南方的静夜已经被它们带来,
夜的芦苇蒸发着浓郁的情热。——
　　我已经感到了南方的夜间的陶醉,
　　请你也嗅一嗅吧这芦苇丛中的浓味。

你说大熊星总像是寒带的白熊,
望去使你的全身都觉得凄冷。
这时的燕子轻轻地掠过水面,
零乱了满湖的星影。——
　　请你看一看吧这湖中的星像,
　　南方的星夜便是这样的景像。

你说,你疑心那边的白果松
总仿佛树上的积雪还没有消融。
这时燕子飞上了一棵棕榈,
唱出来一种热烈的歌声。——

请你听一听吧燕子的歌唱,
　　南方的林中便是这样的景象。

终觉得我们不像是热带的人,
我们的胸中总是秋冬般的平寂。
燕子说,南方有一种珍奇的花朵,
经过二十年的寂寞才开一次。——
　　这时我胸中忽觉得有一朵花儿隐藏,
　　它要在这静夜里火一样地开放!

我们并立在高高的山巅

我们并立在高高的山巅
化身为一望无际的远景,
化成面前的广漠的平原,
化成平原上交错的蹊径。

哪条路,哪道水,没有关联,
哪阵风,哪片云,没有呼应:
我们走过的城市、山川,
都化成了我们的生命。

我们的生长,我们的忧愁
是某某山坡的一棵松树,
是某某城上的一片浓雾;

我们随着风吹,随着水流,
化成平原上交错的蹊径,
化成蹊径上行人的生命。

闻一多

太 阳 吟

太阳啊,刺得我心痛的太阳!
又逼走了游子底一出还乡梦,
又加他十二个时辰底九曲回肠!

太阳啊,火一样烧着的太阳!
烘干了小草尖头底露水,
可烘得干游子底冷泪盈眶?

太阳啊,六龙骖驾的太阳!
省得我受这一天天底缓刑,
就把五年当一天跪完那又何妨?

太阳啊——神速的金乌——太阳!
让我骑着你每日绕行地球一周,
也便能天天望见一次家乡!

太阳啊,楼角新升的太阳!
不是刚从我们东方来的吗?
我的家乡此刻可都依然无恙?

太阳啊,我家乡来的太阳!
北京城里底官柳裹上一身秋了罢?
唉!我也憔悴的同深秋一样!

太阳啊,奔波不息的太阳!
你也好像无家可归似的呢。
啊!你我的身世一样地不堪设想!

太阳啊,自强不息的太阳!
大宇宙许就是你的家乡罢。
可能指示我我底家乡底方向?

太阳啊,这不像我的山川,太阳!
这里的风云另带一般颜色,
这里鸟儿唱的调子格外凄凉。

太阳啊,生命之火底太阳!
但是谁不知你是球东半底情热,
同时又是球西半底智光?

太阳啊,也是我家乡底太阳!
此刻我回不了我往日的家乡,
便认你为家乡也还得失相偿。

39

太阳啊,慈光普照的太阳!
往后我看见你时,就当回家一次;
我的家乡不在地下乃在天上!

红　烛

"蜡炬成灰泪始干。"
　　　　——李商隐

红烛啊!
这样红的烛!
诗人啊!
吐出你的心来比比,
可是一般颜色?
红烛啊!
是谁制的蜡——给你躯体?
是谁点的火——点着灵魂?
为何更须烧蜡成灰,
然后才放光出?
一误再误;
矛盾冲突!

红烛啊!
不误,不误!

原是要"烧"出你的光来——
这正是自然底方法。

红烛啊!
既制了,便烧着!
烧罢!烧罢!
烧破世人底梦,
烧沸世人底血——
也救出他们的灵魂,
也捣破他们的监狱!

红烛啊!
你心火发光之期,
正是泪流开始之日。

红烛啊!
匠人造了你,
原是为烧的。
既已烧着,
又何苦伤心流泪?
哦!我知道了!
是残风来侵你的光芒,
你烧得不稳时,
才着急得流泪!

红烛啊!
流罢!你怎能不流呢?

请将你的脂膏,
不息地流向人间,
培出慰藉底花儿,
结成快乐底果子!

红烛啊!
你流一滴泪,灰一分心。
灰心流泪你的果,
创造光明你的因。

红烛啊!
"莫问收获,但问耕耘。"

口 供

我不骗你,我不是什么诗人,
纵然我爱的是白石的坚贞,
青松和大海,鸦背驮着夕阳,
黄昏里织满了蝙蝠的翅膀。
你知道我爱英雄,还爱高山,
我爱一幅国旗在风中招展,
自从鹅黄到古铜色的菊花。
记着我的粮食是一壶苦茶!

可是还有一个我,你怕不怕?——
苍蝇似的思想,垃圾桶里爬。

死　水

这是一沟绝望的死水，
清风吹不起半点漪沦。
不如多扔些破铜烂铁，
爽性泼你的剩菜残羹。

也许铜的要绿成翡翠，
铁罐上锈出几瓣桃花；
再让油腻织一层罗绮，
霉菌给他蒸出些云霞。

让死水酵成一沟绿酒，
飘满了珍珠似的白沫；
小珠笑一声变成大珠，
又被偷酒的花蚊咬破。

那么一沟绝望的死水，
也就夸得上几分鲜明。
如果青蛙耐不住寂寞，

又算死水叫出了歌声。

这是一沟绝望的死水,
这里断不是美的所在,
不如让给丑恶来开垦,
看他造出个什么世界。

祈 祷

请告诉我谁是中国人，
启示我，如何把记忆抱紧；
请告诉我这民族的伟大，
轻轻的告诉我，不要喧哗！

请告诉我谁是中国人，
谁的心里有尧舜的心，
谁的血是荆轲聂政的血，
谁是神农黄帝的遗孽。

告诉我那智慧来得神奇，
说是河马献来的馈礼；
还告诉我这歌声的节奏，
原是九苞凤凰的传授。

谁告诉我戈壁的沉默，
和五岳的庄严？又告诉我
泰山的石溜还滴着忍耐，

大江黄河又流着和谐?

再告诉我,那一滴清泪
是孔子吊唁死麟的伤悲?
那狂笑也得告诉我才好,——
庄周,淳于髡,东方朔的笑。

请告诉我谁是中国人,
启示我,如何把记忆抱紧;
请告诉我这民族的伟大,
轻轻的告诉我,不要喧哗!

发 现

我来了,我喊一声,迸着血泪,
"这不是我的中华,不对,不对!"
我来了,因为我听见你叫我;
鞭着时间的罡风,擎一把火,
我来了,不知道是一场空喜。
我会见的是噩梦,那里是你?
那是恐怖,是噩梦挂着悬崖,
那不是你,那不是我的心爱!
我追问青天,逼迫八面的风,
我问,拳头擂着大地的赤胸,
总问不出消息;我哭着叫你,
呕出一颗心来,你在我心里!

一 句 话

有一句话说出就是祸，
有一句话能点得着火。
别看五千年没有说破，
你猜得透火山的缄默？
说不定是突然着了魔，
突然青天里一个霹雳
　　爆一声：
　　"咱们的中国！"

这话教我今天怎么说？
你不信铁树开花也可，
那么有一句话你听着。
等火山忍不住了缄默，
不要发抖，伸舌头，顿脚，
等到青天里一个霹雳
　　爆一声：
　　"咱们的中国！"

心　跳

这灯光,这灯光漂白了的四壁;
这贤良的桌椅,朋友似的亲密;
这古书的纸香一阵阵的袭来;
要好的茶杯贞女一般的洁白;
受哺的小儿喽呷在母亲怀里,
鼾声报道我大儿康健的消息……
这神秘的静夜,这浑圆的和平,
我喉咙里颤动着感谢的歌声。
但是歌声马上又变成了咒诅,
静夜！我不能,不能受你的贿赂。
谁希罕你这墙内尺方的和平！
我的世界还有更辽阔的边境。
这四墙既隔不断战争的喧嚣,
你有什么方法禁止我的心跳？
最好是让这口里塞满了沙泥,
如其它只会唱着个人的休戚！
最好是让这头颅给田鼠掘洞,
让这一团血肉也去喂着尸虫,

如果只是为了一杯酒,一本诗,
静夜里钟摆摇来的一片闲适,
就听不见了你们四邻的呻吟,
看不见寡妇孤儿抖颤的身影,
战壕里的痉挛,疯人咬着病榻,
和各种惨剧在生活的磨子下。
幸福!我如今不能受你的私贿,
我的世界不在这尺方的墙内。
听!又是一阵炮声,死神在咆哮。
静夜!你如何能禁止我的心跳?

徐志摩

沙扬娜拉

——赠日本女郎

最是那一低头的温柔,
　像一朵水莲花不胜凉风的娇羞,
道一声珍重,道一声珍重,
　那一声珍重里有蜜甜的忧愁——
　　沙扬娜拉!

雪花的快乐

假如我是一朵雪花,
翩翩的在半空里潇洒,
　我一定认清我的方向——
　　飞飏,飞飏,飞飏,——
这地面上有我的方向。

不去那冷寞的幽谷,
不去那凄清的山麓,
　也不上荒街去惆怅——
　　飞飏,飞飏,飞飏,——
你看,我有我的方向!

在半空里娟娟的飞舞,
认明了那清幽的住处,
　等着她来花园里探望——
　　飞飏,飞飏,飞飏,——
啊,她身上有朱砂梅的清香!

那时我凭藉我的身轻,
盈盈的,沾住了她的衣襟,
　贴近她柔波似的心胸——
　消溶,消溶,消溶——
溶入了她柔波似的心胸!

偶 然

我是天空里的一片云,
偶尔投影在你的波心——
　　你不必讶异,
　　更无须欢喜——
在转瞬间消灭了踪影。

你我相逢在黑夜的海上,
你有你的,我有我的,方向;
　　你记得也好,
　　最好你忘掉,
在这交会时互放的光亮!

我不知道风是在那一个方向吹

我不知道风
是在那一个方向吹——
我是在梦中,
在梦的轻波里依洄。

我不知道风
是在那一个方向吹——
我是在梦中,
她的温存我的迷醉。

我不知道风
是在那一个方向吹——
我是在梦中,
甜美是梦里的光辉。

我不知道风
是在那一个方向吹——
我是在梦中,

她的负心,我的伤悲。

我不知道风
是在那一个方向吹——
我是在梦中,
在梦的悲哀里心碎!

我不知道风
是在那一个方向吹——
我是在梦中,
黯淡是梦里的光辉。

生　活

阴沉，黑暗，毒蛇似的蜿蜒，
生活逼成了一条甬道：
一度陷入，你只可向前，
手扪索着冷壁的黏潮，

在妖魔的脏腑内挣扎，
头顶不见一线的天光，
这魂魄，在恐怖的压迫下，
除了消灭更有什么愿望？

再别康桥

轻轻的我走了,
　正如我轻轻的来;
我轻轻的招手,
　作别西天的云彩。

那河畔的金柳,
　是夕阳中的新娘;
波光里的艳影,
　在我的心头荡漾。

软泥上的青荇,
　油油的在水底招摇;
在康河的柔波里,
　我甘心做一条水草!

那榆荫下的一潭,
　不是清泉,是天上虹,
揉碎在浮藻间,

沉淀着彩虹似的梦。

寻梦？撑一支长篙，
　　向青草更青处漫溯，
满载一船星辉，
　　在星辉斑斓里放歌。

但我不能放歌，
　　悄悄是别离的笙箫；
夏虫也为我沉默，
　　沉默是今晚的康桥！

悄悄的我走了，
　　正如我悄悄的来；
我挥一挥衣袖，
　　不带走一片云彩。

你 去

你去,我也走,我们在此分手;
你上哪一条大路,你放心走,
你看那街灯一直亮到天边,
你只消跟从这光明的直线!

你先走,我站在此地望着你,
放轻些脚步,别教灰土扬起,
我要认清你的远去的身影,
直到距离使我认你不分明,

再不然我就叫响你的名字,
不断的提醒你有我在这里
为消解荒街与深晚的荒凉,
目送你归去……

不,我自有主张,
你不必为我忧虑;你走大路,
我进这条小巷,你看那棵树,

高抵着天,我走到那边转弯,

再过去是一片荒野的凌乱:
有深潭,有浅洼,半亮着止水,
在夜芒中像是纷披的眼泪;
有石块,有钩刺胫踝的蔓草,
在期待过路人疏神时绊倒!

但你不必焦心,我有的是胆,
凶险的途程不能使我心寒。
等你走远了,我就大步向前,
这荒野有的是夜露的清鲜;

也不愁愁云深裹,但须风动,
云海里便波涌星斗的流汞;
更何况永远照彻我的心底;
有那颗不夜的明珠,我爱你!

我有一个恋爱

我有一个恋爱——
我爱天上的明星；
我爱它们的晶莹：
人间没有这异样的神明。

在冷峭的暮冬的黄昏，
在寂寞的灰色的清晨，
在海上，在风雨后的山顶——
永远有一颗，万颗的明星！

山涧边小草花的知心，
高楼上小孩童的欢欣，
旅行人的灯亮与南针——
万万里外闪烁的精灵！

我有一个破碎的魂灵，
像一堆破碎的水晶，
散布在荒野的枯草里——

饱啜你一瞬瞬的殷勤。

人生的冰激与柔情,
我也曾尝味,我也曾容忍;
有时阶砌下蟋蟀的秋吟,
引起我心伤,逼迫我泪零。

我袒露我的坦白的胸襟,
献爱与一天的明星:
任凭人生是幻是真,
地球存在或是消泯——
太空中永远有不昧的明星!

火车擒住轨

火车擒住轨,在黑夜里奔:
过山,过水,过陈死人的坟;

过桥,听钢骨牛喘似的叫,
过荒野,过门户破烂的庙;

过池塘,群蛙在黑水里打鼓,
过噤口的村庄,不见一粒火;

过冰清的小站,上下没有客,
月台袒露着肚子,像是罪恶。

这时车的呻吟惊醒了天上
三两个星,躲在云缝里张望:

那是干什么的,他们在疑问,
大凉夜不歇着,直闹又是哼;

长虫似的一条,呼吸是火焰,
一死儿往暗里闯,不顾危险,

就凭那精窄的两道,算是轨,
驮着这份重,梦一般的累坠。

累坠!那些奇异的善良的人,
放平了心安睡,把他们不论;

俊的村的命全盘交给了它,
不问爬的是高山还是低洼,

不问深林里有怪鸟在诅咒,
天象的辉煌全对着毁灭走;

只图眼前过得,裂大嘴打呼,
明儿车一到,抢了皮包走路!

这态度也不错!愁没有个底;
你我在天空,那天也不休息,

睁大了眼,什么事都看分明,
但自己又何尝能支使运命?

说什么光明,智慧永恒的美,
彼此同是在一条线上受罪;

就差你我的寿数比他们强，
这玩艺反正是一片糊涂账。

云　游①

那天你翩翩的在空际云游，
自在，轻盈，你本不想停留
在天的那方或地的那角，
你的愉快是无拦阻的逍遥。
你更不经意在卑微的地面
有一流涧水，虽则你的明艳
在过路时点染了他的空灵，
使他惊醒，将你的倩影抱紧。

他抱紧的只是绵密的忧愁，
因为美不能在风光中静止；
他要，你已飞度万重的山头，
去更阔大的湖海投射影子！
他在为你消瘦，那一流涧水，
在无能的盼望，盼望你飞回！

---

① 初以《献词》为题，收入《猛虎集》；后载1931年10月5日《诗刊》第三期，改此题。

林徽因

那 一 晚

那一晚我的船推出了河心,
澄蓝的天上托着密密的星。
那一晚你的手牵着我的手,
迷惘的星夜封锁起重愁。
那一晚你和我分定了方向,
两人各认取个生活的模样。

到如今我的船仍然在海面飘,
细弱的桅杆常在风涛里摇。
到如今太阳只在我背后徘徊,
层层的阴影留守在我周围。
到如今我还记着那一晚的天,
星光、眼泪、白茫茫的江边!
到如今我还想念你岸上的耕种:
红花儿黄花儿朵朵的生动。

那一天我希望要走到了顶层，
蜜一般酿出那记忆的滋润。
那一天我要挎上带羽翼的箭，
望着你花园里射一个满弦。
那一天你要听到鸟般的歌唱，
那便是我静候着你的赞赏。
那一天你要看到零乱的花影，
那便是我私闯入当年的边境！

仍　然

你舒伸得像一湖水向着晴空里
白云,又像是一流冷涧澄清
许我循着林岸穷究你的泉源:
我却仍然怀抱着百般的疑心
对你的每一个映影!

你展开像个千瓣的花朵!
鲜妍是你的每一瓣,更有芳沁,
那温存袭人的花气,伴着晚凉:
我说花儿,这正是春的捉弄人,
来偷取人们的痴情!

你又学叶叶的书篇随风吹展,
揭示你的每一个深思;每一角心境,
你的眼睛望着,我,不断的在说话:
我却仍然没有回答,一片的沉静
永远守住我的魂灵。

激　昂

我要借这一时的豪放
和从容,灵魂清醒的
再喝一泉甘甜的鲜露,
来挥动思想的利剑,
舞它那一瞥最敏锐的
锋芒,像皑皑塞野的雪
在月的寒光下闪映,
喷吐冷激的辉艳;——斩,
斩断这时间的缠绵,
和猥琐网布的纠纷,
剖取一个无瑕的透明,
看一次你,纯美,
你的裸露的庄严。
……

然后踩登
任一座高峰,攀牵着白云
和锦样的霞光,跨一条

长虹,瞰临着澎湃的海,
在一穹匀净的澄蓝里,
书写我的惊讶与欢欣,
献出我最热的一滴眼泪,
我的信仰,至诚,和爱的力量,
永远膜拜,
膜拜在你美的面前!

深夜里听到乐声

这一定又是你的手指,
轻弹着,
在这深夜,稠密的悲思。

我不禁颊边泛上了红,
静听着,
这深夜里弦子的生动。

一声听从我心底穿过,
忒凄凉
我懂得,但我怎能应和?

生命早描定她的式样,
太薄弱
是人们的美丽的想象。

除非在梦里有这么一天,
你和我
同来攀动那根希望的弦。

情　愿

我情愿化成一片落叶，
让风吹雨打到处飘零；
或流云一朵，在澄蓝天，
和大地再没有些牵连。

但抱紧那伤心的标帜，
去触遇没着落的怅惘；
在黄昏，夜半，蹑着脚走，
全是空虚，再莫有温柔；

忘掉曾有这世界；有你；
哀悼谁又曾有过爱恋；
落花似的落尽，忘了去
这些个泪点里的情绪。

到那天一切都不存留，
比一闪光，一息风更少
痕迹，你也要忘掉了我
曾经在这世界里活过。

莲 灯

如果我的心是一朵莲花，
正中擎出一支点亮的蜡，
荧荧虽则单是那一剪光，
我也要它骄傲的捧出辉煌；
不怕它只是我个人的莲灯
照不见前后崎岖的人生——
浮沉它依附着人海的浪涛
明暗自成了它内心的秘奥。
单是那光一闪花一朵——
像一叶轻舸驶出了江河——
宛转它漂随命运的波涌
等候那阵阵风向远处推送。
算做一次过客在宇宙里，
认识这玲珑的生从容的死，
这飘忽的途程也就是个——
也就是个美丽美丽的梦。

别 丢 掉

别丢掉
这一把过往的热情,
现在流水似的,
轻轻
在幽冷的山泉底,
在黑夜,在松林,
叹息似的渺茫,
你仍要保存着那真!
一样是月明,
一样是隔山灯火,
满天的星,
只使人不见,
梦似的挂起,
你问黑夜要回
那一句话——你仍得相信
山谷中留着
有那回音!

你是人间的四月天

——一句爱的赞颂

我说你是人间的四月天;
笑响点亮了四面风;轻灵
在春的光艳中交舞着变。

你是四月早天里的云烟,
黄昏吹着风的软,星子在
无意中闪,细雨点洒在花前。

那轻,那娉婷,你是,鲜妍
百花的冠冕你戴着,你是
天真,庄严,你是夜夜的月圆。

雪化后那片鹅黄,你像;新鲜
初放芽的绿,你是;柔嫩喜悦
水光浮动着你梦期待中白莲。

你是一树一树的花开,是燕

在梁间呢喃,——你是爱,是暖,
是希望,你是人间的四月天!

深　笑

是谁笑得那样甜,那样深,
那样圆转?一串一串明珠
大小闪着光亮,迸出天真!
清泉底浮动,泛流到水面上,
　灿烂,
分散!

是谁笑得好花儿开了一朵?
那样轻盈,不惊起谁。
细香无意中,随着风过,
拂在短墙,丝丝在斜阳前
　挂着
留恋。

是谁笑成这百层塔高耸,
让不知名鸟雀来盘旋?是谁
笑成这万千个风铃的转动,
从每一层琉璃的檐边

摇上
云天？

记　忆

断续的曲子,最美或最温柔的
夜,带着一天的星。
记忆的梗上,谁不有
两三朵娉婷,披着情绪的花
无名的展开
野荷的香馥,
每一瓣静处的月明。

湖上风吹过,额发乱了,或是
水面皱起像鱼鳞的锦。
四面里的辽阔,如同梦
荡漾着中心彷徨的过往
不着痕迹,谁都
认识那图画,
沉在水底记忆的倒影!

陈梦家

一朵野花

一朵野花在荒原里开了又落了,
不想到这小生命,向着太阳发笑,
上帝给他的聪明他自己知道,
他的欢喜,他的诗,在风前轻摇。

一朵野花在荒原里开了又落了,
他看见春天,看不见自己的渺小,
听惯风的温柔,听惯风的怒号,
就连他自己的梦也容易忘掉。

雁　子

我爱秋天的雁子
终夜不知疲倦；
(像是嘱咐,像是答应,)
一边叫,一边飞远。

从来不问他的歌,
留在哪片云上?
只管唱过,只管飞扬,
黑的天,轻的翅膀,

我情愿是只雁子,
一切都使忘记——
当我提起,当我想到:
不是恨,不是欢喜。

臧克家

老　马

总得叫大车装个够，
它横竖不说一句话，
背上的压力往肉里扣，
它把头沉重地垂下！

这刻不知道下刻的命，
它有泪只往心里咽，
眼里飘来一道鞭影，
它抬起头望望前面。

烙　印

生怕回头向过去望,
我狡猾地说"人生是个谎",
痛苦在我心上打个印烙,
刻刻警醒我这是在生活。

我不住地抚摩这印烙,
忽然红光上灼起了毒火,
火花里迸出一串歌声,
件件唱着生命的不幸。

我从不把悲痛向人诉说,
我知道那是一个罪过,
混沌地活着什么也不觉,
既然是谜,就不该把底点破。

我嚼着苦汁营生,
像一条吃巴豆的虫,

把个心提在半空，
连呼吸都觉得沉重。

三 代

孩子
在土里洗澡;
爸爸
在土里流汗;
爷爷
在土里葬埋。

有 的 人

——纪念鲁迅有感

有的人活着
他已经死了;
有的人死了
他还活着。

有的人
骑在人民头上:"呵,我多伟大!"
有的人
俯下身子给人民当牛马。

有的人
把名字刻入石头想"不朽";
有的人
情愿作野草,等着地下的火烧。

有的人
他活着别人就不能活;

有的人
他活着为了多数人更好地活。

骑在人民头上的,
人民把他摔垮;
给人民作牛马的,
人民永远记住他!

把名字刻入石头的,
名字比尸首烂得更早;
只要春风吹到的地方,
到处是青青的野草。

他活着别人就不能活的人,
他的下场可以看到;
他活着为了多数人更好地活着的人,
群众把他抬举得很高,很高。

艾 青

大堰河——我的保姆

大堰河,是我的保姆。
她的名字就是生她的村庄的名字,
她是童养媳,
大堰河,是我的保姆。

我是地主的儿子;
也是吃了大堰河的奶而长大了的
大堰河的儿子。
大堰河以养育我而养育她的家,
而我,是吃了你的奶而被养育了的,
大堰河啊,我的保姆。

大堰河,今天我看到雪使我想起了你:
你的被雪压着的草盖的坟墓,
你的关闭了的故居檐头的枯死的瓦菲,
你的被典押了的一丈平方的园地,

你的门前的长了青苔的石椅,
大堰河,今天我看到雪使我想起了你。

你用你厚大的手掌把我抱在怀里,抚摸我;
在你搭好了灶火之后,
在你拍去了围裙上的炭灰之后,
在你尝到饭已煮熟了之后,
在你把乌黑的酱碗放到乌黑的桌子上之后,
在你补好了儿子们的为山腰的荆棘扯破的衣服之后,
在你把小儿被柴刀砍伤了的手包好之后,
在你把夫儿们的衬衣上的虱子一颗颗的掐死之后,
在你拿起了今天的第一颗鸡蛋之后,
你用你厚大的手掌把我抱在怀里,抚摸我。

我是地主的儿子,
在我吃光了你大堰河的奶之后,
我被生我的父母领回到自己的家里。
啊,大堰河,你为什么要哭?

我做了生我的父母家里的新客了!
我摸着红漆雕花的家具,
我摸着父母的睡床上金色的花纹,
我呆呆地看着檐头的我不认得的"天伦叙乐"的匾,
我摸着新换上的衣服的丝的和贝壳的钮扣,
我看着母亲怀里的不熟识的妹妹,
我坐着油漆过的安了火钵的炕凳,
我吃着碾了三番的白米的饭,

93

但,我是这般忸怩不安!因为我
我做了生我的父母家里的新客了。

大堰河,为了生活,
在她流尽了她的乳液之后,
她就开始用抱过我的两臂劳动了,
她含着笑,洗着我们的衣服,
她含着笑,提着菜篮到村边的结冰的池塘去,
她含着笑,切着冰屑悉索的萝卜,
她含着笑,用手掏着猪吃的麦糟,
她含着笑,扇着炖肉的炉子的火,
她含着笑,背了团箕到广场上去
　晒好那些大豆和小麦,
大堰河,为了生活,
在她流尽了她的乳液之后,
她就用抱过我的两臂,劳动了。

大堰河,深爱着她的乳儿;
在年节里,为了他,忙着切那冬米的糖,
为了他,常悄悄地走到村边的她的家里去,
为了他,走到她的身边叫一声"妈",
大堰河,把他画的大红大绿的关云长
　贴在灶边的墙上,
大堰河,会对她的邻居夸口赞美她的乳儿;
大堰河曾做了一个不能对人说的梦:
在梦里,她吃着她的乳儿的婚酒,
坐在辉煌的结彩的堂上,

而她的娇美的媳妇亲切的叫她"婆婆"
…………
大堰河,深爱她的乳儿!

大堰河,在她的梦没有做醒的时候已死了。
她死时,乳儿不在她的旁侧,
她死时,平时打骂她的丈夫也为她流泪,
五个儿子,个个哭得很悲,
她死时,轻轻地呼着她的乳儿的名字,
大堰河,已死了,
她死时,乳儿不在她的旁侧。

大堰河,含泪的去了!
同着四十几年的人世生活的凌侮,
同着数不尽的奴隶的凄苦,
同着四块钱的棺材和几束稻草,
同着几尺长方的埋棺材的土地,
同着一手把的纸钱的灰,
大堰河,她含泪的去了。

这是大堰河所不知道的:
她的醉酒的丈夫已死去,
大儿做了土匪,
第二个死在炮火的烟里,
第三,第四,第五
在师傅和地主的叱骂声里过着日子。
而我,我是在写着给予这不公道的世界的咒语。

当我经了长长的飘泊回到故土时,
在山腰里,田野上,
兄弟们碰见时,是比六七年前更要亲密!
这,这是为你,静静的睡着的大堰河
所不知道的啊!

大堰河,今天,你的乳儿是在狱里,
写着一首呈给你的赞美诗,
呈给你黄土下紫色的灵魂,
呈给你拥抱过我的直伸着的手
呈给你吻过我的唇,
呈给你泥黑的温柔的脸颜,
呈给你养育了我的乳房,
呈给你的儿子们,我的兄弟们,
呈给大地上一切的,
我的大堰河般的保姆和她们的儿子,
呈给爱我如爱她自己的儿子般的大堰河。

大堰河,
我是吃了你的奶而长大了的
你的儿子,
我敬你
爱你!

太　阳

从远古的墓茔
从黑暗的年代
从人类死亡之流的那边
震惊沉睡的山脉
若火轮飞旋于沙丘之上
太阳向我滚来……

它以难遮掩的光芒
使生命呼吸
使高树繁枝向它舞蹈
使河流带着狂歌奔向它去

当它来时，我听见
冬蛰的虫蛹转动于地下
群众在旷场上高声说话
城市从远方
用电力与钢铁召唤它

于是我的心胸
被火焰之手撕开
陈腐的灵魂
搁弃在河畔
我乃有对于人类再生之确信

复活的土地

腐朽的日子
早已沉到河底,
让流水冲洗得
快要不留痕迹了;

河岸上
春天的脚步所经过的地方,
到处是繁花与茂草;
而从那边的丛林里
也传出了
忠心于季节的百鸟之
高亢的歌唱。

播种者呵
是应该播种的时候了,
为了我们肯辛勤地劳作
大地将孕育
金色的颗粒。

就在此刻,
你——悲哀的诗人呀,
也应该拂去往日的忧郁,
让希望苏醒在你自己的
久久负伤着的心里:

因为,我们的曾经死了的大地,
在明朗的天空下
已复活了!
——苦难也已成为记忆,
在它温热的胸膛里
重新漩流着的
将是战斗者的血液。

雪落在中国的土地上

雪落在中国的土地上,
寒冷在封锁着中国呀……

风,
像一个太悲哀了的老妇,
紧紧地跟随着
伸出寒冷的指爪
拉扯着行人的衣襟,
用着像土地一样古老的话
一刻也不停地絮聒着……

那从林间出现的,
赶着马车的
你中国的农夫
戴着皮帽
冒着大雪
你要到哪儿去呢?

告诉你
我也是农人的后裔——
由于你们的
刻满了痛苦的皱纹的脸
我能如此深深地
知道了
生活在草原上的人们的
岁月的艰辛。

而我
也并不比你们快乐啊
——躺在时间的河流上
苦难的浪涛
曾经几次把我吞没而又卷起——
流浪与监禁
已失去了我的青春的
最可贵的日子,
我的生命
也像你们的生命
一样的憔悴呀

雪落在中国的土地上,
寒冷在封锁着中国呀……

沿着雪夜的河流,
一盏小油灯在徐缓地移行,
那破烂的乌篷船里

映着灯光,垂着头
坐着的是谁呀?

——啊,你
蓬发垢面的少妇,
是不是
你的家
——那幸福与温暖的巢穴——
已被暴戾的敌人
烧毁了么?
是不是
也像这样的夜间,
失去了男人的保护,
在死亡的恐怖里
你已经受尽敌人刺刀的戏弄?

咳,就在如此寒冷的今夜,
无数的
我们的年老的母亲,
都蜷伏在不是自己的家里,
就像异邦人
不知明天的车轮
要滚上怎样的路程……
——而且
中国的路
是如此的崎岖
是如此的泥泞呀。

雪落在中国的土地上，
寒冷在封锁着中国呀……

透过雪夜的草原
那些被烽火所啮啃着的地域，
无数的，土地的垦殖者
失去了他们所饲养的家畜
失去了他们肥沃的田地
拥挤在
生活的绝望的污巷里：
饥馑的大地
朝向阴暗的天
伸出乞援的
颤抖着的两臂。

中国的苦痛与灾难
像这雪夜一样广阔而又漫长呀！

雪落在中国的土地上
寒冷在封锁着中国呀……

中国，
我的在没有灯光的晚上
所写的无力的诗句
能给你些许的温暖么？

手 推 车

在黄河流过的地域
在无数的枯干了的河底
手推车
以唯一的轮子
发出使阴暗的天穹痉挛的尖音
穿过寒冷与静寂
从这一个山脚
到那一个山脚
彻响着
北国人民的悲哀

在冰雪凝冻的日子
在贫穷的小村与小村之间
手推车
以单独的轮子
刻画在灰黄土层上的深深的辙迹
穿过广阔与荒漠
从这一条路

到那一条路
交织着
北国人民的悲哀

乞 丐

在北方
乞丐徘徊在黄河的两岸
徘徊在铁道的两旁

在北方
乞丐用最使人厌烦的声音
呐喊着痛苦
说他们来自灾区
来自战地

饥饿是可怕的
它使年老的失去仁慈
年幼的学会憎恨

在北方
乞丐用固执的眼
凝视着你
看你在吃任何食物

和你用指甲剔牙齿的样子

在北方
乞丐伸着永不缩回的手
乌黑的手
要求施舍一个铜子
向任何人
甚至那掏不出一个铜子的兵士

我爱这土地

假如我是一只鸟,
我也应该用嘶哑的喉咙歌唱:
这被暴风雨所打击着的土地,
这永远汹涌着我们的悲愤的河流,
这无止息地吹刮着的激怒的风,
和那来自林间的无比温柔的黎明……
——然后我死了,
连羽毛也腐烂在土地里面。

为什么我的眼里常含泪水?
因为我对这土地爱得深沉……

旷 野

薄雾在迷蒙着旷野啊……

看不见远方——
看不见往日在晴空下的
天边的松林,
和在松林后面的
迎着阳光发闪的白垩岩了;
前面只隐现着
一条渐渐模糊的
灰黄而曲折的道路,
和道路两旁的
乌暗而枯干的田亩……

田亩已荒芜了——
狼藉着犁翻了的土块,
与枯死的野草,
与杂在野草里的
腐烂了的禾根;

在广大的灰白里呈露出的
到处是一片土黄,暗赭,
与焦茶的颜色的混合啊……
——只有几畦萝卜,菜蔬
以披着白霜的
稀疏的绿色,
点缀着
这平凡,单调,简陋
与卑微的田野。

那些池沼毗连着,
为了久旱
积水快要枯涸了;
不透明的白光里
弯曲着几条淡褐色的
不整齐的堤岸;
往日翠茂的
水草和荷叶
早已沉淀在水底了;
留下的一些
枯萎而弯曲的枝杆,
呆然站立在
从池面徐缓地升起的水蒸汽里……

山坡横陈在前面,
路转上了山坡,
并且随着它的起伏

而向下面的疏林隐没……
山坡上,
灰黄的道路的两旁,
感到阴暗而忧虑的
只是一些散乱的墓堆,
和快要被湮埋了的
黑色的石碑啊。

一切都这样地
静止,寒冷,而显得寂寞……

灰黄而曲折的道路啊!
人们走着,走着,
向着不同的方向,
却好像永远被同一的影子引导着,
结束在同一的命运里;
在无止的劳困与饥寒的前面
等待着的是灾难、疾病与死亡——
彷徨在旷野上的人们
谁曾有过快活呢?

然而
冬天的旷野
是我所亲切的——
在冷彻肌骨的寒霜上,
我走过那些不平的田塍,
荒芜的池沼的边岸,

和褐色阴暗的山坡,
步伐是如此沉重,直至感到困厄
——像一头耕完了土地
带着倦怠归去的老牛一样……

而雾啊——
灰白而混浊,
茫然而莫测,
它在我的前面
以一根比一根更暗淡的
电杆与电线,
向我展开了
无限的广阔与深邃……

你悲哀而旷达,
辛苦而又贫困的旷野啊……

没有什么声音,
一切都好像被雾窒息了;
只在那边
看不清的灌木丛里,
传出了一片
畏慑于严寒的
抖索着毛羽的
鸟雀的聒噪……

在那芦蒿和荆棘所编的篱围里

几间小屋挤聚着——
它们都一样地
以墙边柴木的凌乱,
与竹竿上垂挂的褴褛,
叹息着
徒然而无终止的勤劳;
又以凝霜的树皮盖的屋背上
无力地混合在雾里的炊烟,
描画了
不可逃避的贫穷……

人们在那些小屋里
过的是怎样惨淡的日子啊……
生活的阴影覆盖着他们……
那里好像永远没有白日似的,
他们和家畜呼吸在一起,
——他们的床榻也像畜棚啊;
而那些破烂的被絮,
就像一堆泥土一样的
灰暗而又坚硬啊……

而寒冷与饥饿,
愚蠢与迷信啊,
就在那些小屋里
强硬地盘据着……

农人从雾里

挑起篾箩走来,
篾箩里只有几束葱和蒜;
他的毡帽已破烂不堪了,
他的脸像他的衣服一样污秽,
他的冻裂了皮肤的手
插在腰束里,
他的赤着的脚
踏着凝霜的道路,
他无声地
带着扁担所发出的微响,
慢慢地
在蒙着雾的前面消失……

旷野啊——
你将永远忧虑而容忍
不平而又缄默么?

薄雾在迷蒙着旷野啊……

时　代

我站立在低矮的屋檐下
出神地望着蛮野的山岗
和高远空阔的天空，
很久很久心里像感受了什么奇迹，
我看见一个闪光的东西
它像太阳一样鼓舞我的心，
在天边带着沉重的轰响，
带着暴风雨似的狂啸，
隆隆滚辗而来……

我向它神往而又欢呼！
当我听见从阴云压着的雪山的那面
传来了不平的道路上巨轮颠簸的轧响
我的心追赶着它，激烈地跳动着
像那些奔赴婚礼的新郎
——纵然我知道由它所带给我的
并不是节日的狂欢
和什么杂耍场上的哄笑，

却是比一千个屠场更残酷的景象,
而我却依然奔向它
带着一个生命所能发挥的热情。

我不是弱者——我不会沾沾自喜,
我不是自己能安慰或欺骗自己的人
我不满足那世界曾经给过我的
——无论是荣誉,无论是耻辱
也无论是阴沉的注视和黑夜似的仇恨
以及人们的目光因它而闪耀的幸福
我在你们不知道的地方感到空虚
我要求更多些,更多些呵
给我生活的世界
我永远伸张着两臂
我要求攀登高山
我要求横跨大海
我要迎接更高的赞扬,更大的毁谤
更不可解的怨仇,和更致命的打击——
都为了我想从时间的深沟里升腾起来……

没有一个人的痛苦会比我更甚的——
我忠实于时代,献身于时代,而我却沉默着
不甘心地,像一个被俘虏的囚徒
在押送到刑场之前沉默着
我沉默着,为了没有足够响亮的语言
像初夏的雷霆滚过阴云密布的天空
抒发我的激情于我的狂暴的呼喊

奉献给那使我如此兴奋,如此惊喜的东西
我爱它胜过我曾经爱过的一切
为了它的到来,我愿意交付出我的生命
交付给它从我的肉体直到我的灵魂
我在它的前面显得如此卑微
甚至想仰卧在地面上
让它的脚像马蹄一样踩过我的胸膛

田 间

假使我们不去打仗

假使我们不去打仗,
敌人用刺刀
杀死了我们,
还要用手指着我们骨头说:
"看,
　这是奴隶!"

义 勇 军

在长白山一带的地方，
中国的高粱
正在血里生长。
在大风沙里
一个义勇军
骑马走过他的家乡。
他回来了：
敌人的头，
挂在铁枪上。

何其芳

预 言

这一个心跳的日子终于来临!
你夜的叹息似的渐近的足音,
我听得清不是林叶和夜风私语,
麋鹿驰过苔径的细碎的蹄声!
告诉我,用你银铃的歌声告诉我,
你是不是预言中的年轻的神?

你一定来自那温郁的南方,
告诉我那儿的月色,那儿的日光,
告诉我春风是怎样吹开百花,
燕子是怎样痴恋着绿杨。
我将合眼睡在你如梦的歌声里,
那温暖我似乎记得,又似乎遗忘。

请停下,停下你疲劳的奔波,
进来,这儿有虎皮的褥你坐!

让我烧起每一个秋天拾来的落叶,
听我低低地唱起我自己的歌。
那歌声将火光一样沉郁又高扬,
火光一样将我的一生诉说。

不要前行!前面是无边的森林,
古老的树现着野兽身上的斑纹,
半生半死的藤蟒一样交缠着,
密叶里漏不下一颗星星。
你将怯怯地不敢放下第二步,
当你听见了第一步空寥的回声。

一定要走吗?请等我和你同行!
我的脚知道每一条平安的路径,
我可以不停地唱着忘倦的歌,
再给你,再给你手的温存。
当夜的浓黑遮断了我们,
你可以不转眼地望着我的眼睛。

我激动的歌声你竟不听,
你的脚竟不为我的颤抖暂停!
像静穆的微风飘过这黄昏里,
消失了,消失了你骄傲的足音!
呵,你终于如预言中所说的无语而来,
无语而去了吗,年轻的神?

欢 乐

告诉我,欢乐是什么颜色?
像白鸽的羽翅?鹦鹉的红嘴?
欢乐是什么声音?像一声芦笛?
还是从簌簌的松声到潺潺的流水?

是不是可握住的,如温情的手?
可看见的,如亮着爱怜的眼光?
会不会使心灵微微地颤抖,
或者静静地流泪,如同悲伤?

欢乐是怎样来的?从什么地方?
萤火虫一样飞在朦胧的树荫?
香气一样散自蔷薇的花瓣上?
它来时脚上响不响着铃声?

对于欢乐我的心是盲人的目,
但它是不是可爱的,如我的忧郁?

秋　天

震落了清晨满披着的露珠,
伐木声丁丁地飘出幽谷。
放下饱食过稻香的镰刀,
用背篓来装竹篱间肥硕的瓜果。
秋天栖息在农家里。

向江面的冷雾撒下圆圆的网,
收起青鳊鱼似的乌桕叶的影子。
芦篷上满载着白霜,
轻轻摇着归泊的小桨。
秋天游戏在渔船上。

草野在蟋蟀声中更寥阔了。
溪水因枯涸见石更清洌了。
牛背上的笛声何处去了,
那满流着夏夜的香与热的笛孔?
秋天梦寐在牧羊女的眼里。

花　环

——放在一个小坟上

开落在幽谷里的花最香。
无人记忆的朝露最有光。
我说你是幸福的，小玲玲，
没有照过影子的小溪最清亮。

你梦过绿藤缘进你窗里，
金色的小花坠落到你发上。
你为檐雨说出的故事感动，
你爱寂寞，寂寞的星光。

你有珍珠似的少女的泪，
常流着没有名字的悲伤。
你有美丽得使你忧愁的日子，
你有更美丽的夭亡。

岁暮怀人

当枯黄的松果落下，
低飞的鸟翅作声，
你停止了林子里的独步；
当水冷鱼隐，
塘中飘着你寂寞的钓丝；
当冬天的白雾封了你的窗子——

长久隐遁在病里，
还挂念你北方的旧居吗？
在墙壁的阴影里，
在屋角的旧藤椅里，
曾藏蔽过我多少烦忧！
那时我常有烦忧，
你常有温和的沉默，
窗子上破旧的冷布间
常有壁虎抽动着灰色的腿。
外面是院子。
啄木鸟的声音枯寂地颤栗地

从槐树的枝叶间漏下,漏下,
你问我喜欢那声音不——
若是现在,我一定说喜欢了。

西风里换了毛的骆驼群
举起足
又轻轻踏下,
街上已有一层薄霜。

爱　情

晨光在带露的石榴花上开放。
正午的日影是迟迟的脚步
在垂杨和菩提树间游戏。
当南风从睡莲的湖水
把夜吹来，原野上
更流溢着郁热的香气，
因为常春藤遍地牵延着，
而菟丝子从草根缠上树尖。
南方的爱情是沉沉地睡着的，
它醒来的扑翅声也催人入睡。

霜隼在无云的秋空掠过。
猎骑驰骋在荒郊。
夕阳从古代的城阙落下。
风与月色抚摩着摇落的树。
或者凝着忍耐的驼铃声
留滞在长长的乏水草的道路上，
一粒大的白色的殒星

如一滴冷泪流向辽远的夜。
北方的爱情是惊醒着的,
而且有轻捷的残忍的脚步。

爱情是很老很老了,但不厌倦,
而且会作婴孩脸涡里的微笑。
它是传说里的王子的金冠。
它是田野间的少女的蓝布衫。
你呵,你有了爱情
而你又为它的寒冷哭泣!
烧起落叶与断枝的火来,
让我们坐在火光里,爆炸声里,
让树林惊醒了而且微颤地
来窃听我们静静地谈说爱情。

我为少男少女们歌唱

我为少男少女们歌唱。
我歌唱早晨,
我歌唱希望,
我歌唱那些属于未来的事物,
我歌唱那些正在生长的力量。

我的歌呵,
你飞吧,
飞到那些年轻人的心中
去找你停唱的地方。

所有使我像草一样颤抖过的
快乐或者好的思想,
都变成声音飞到四方八面去吧,
不管它像一阵微风
或者一片阳光。

轻轻地从我琴弦上

失掉了成年的忧伤,
我重新变得年轻了,
我的血流得很快,
对于生活我又充满了梦想,充满了渴望。

生活是多么广阔

生活是多么广阔,
生活是海洋。
凡是有生活的地方就有快乐和宝藏。

去参加歌咏队,去演戏,
去建设铁路,去作飞行师,
去坐在实验室里,去写诗,
去高山上滑雪,去驾一只船颠簸在波涛上,
去北极探险,去热带搜集植物,
去带一个帐篷在星光下露宿。
去过寻常的日子,
去在平凡的事物中睁大你的眼睛,
去以自己的火点燃旁人的火,
去以心发现心。

生活是多么广阔。
生活又多么芬芳。
凡是有生活的地方就有快乐和宝藏。

卞之琳

水 成 岩

水边人想在岩上刻几行字迹：

大孩子见小孩子可爱，
问母亲"我从前也是这样吗？"

母亲想起了自己发黄的照片
堆在尘封的旧桌子抽屉里，

想起了一架的瑰艳
藏在窗前干瘪的扁豆荚里，

叹一声"悲哀的种子！"

"水哉，水哉！"沉思人叹息
古代人的感情像流水，
积下了层叠的悲哀。

距离的组织

想独上高楼读一遍《罗马衰亡史》,
忽有罗马灭亡星出现在报上①。
报纸落。地图开,因想起远人的嘱咐。
寄来的风景②也暮色苍茫了。
("醒来天欲暮,无聊,一访友人吧。")③
灰色的天。灰色的海。灰色的路。④
哪儿了?我又不会向灯下验一把土。⑤
忽听得一千重门外有自己的名字。

---

① 1934年12月26日《大公报》国际新闻版伦敦25日路透电:"两星期前索佛克业余天文学者发现北方大力星座中出现一新星,兹据哈华德观象台纪称,近两日内该星异常光明,估计约距地球一千五百光年,故其爆发而致突然灿烂,当远在罗马帝国倾覆之时,直至今日,其光始传至地球云。"这里涉及时空的相对关系。
② "寄来的风景"当然是指"寄来的风景片"。这里涉及实体与表象的关系。
③ 这行是来访友人(即末行的"友人")将来前的内心独白,语调戏拟我国旧戏的台白。
④ 本行和下一行是本篇说话人(用第一人称的)进入的梦境。
⑤ 1934年12月28日《大公报》的《史地周刊》上《王同春开发河套讯》:"夜中驱驰旷野,偶然不辨在什么地方,只消抓一把土向灯一瞧就知道到了哪里了。"

好累啊！我的盆舟没有人戏弄吗?①

友人带来了雪意和五点钟。②

---

① 《聊斋志异》的《白莲教》篇："白莲教某者,山西人也,忘其姓名……某一日,将他往,堂上置一盆,又一盆覆之,嘱门人坐守,戒忽启视。去后,门人启之。视盆贮清水,水上编草为舟,帆樯具焉。异而拨以指,随手倾侧,急扶如故,仍覆之。俄而师来,怒责'何违我命!'门人力白其无。师曰,'适海中舟覆,何得欺我!'"这里从幻想的形象中涉及微观世界与宏观世界的关系。

② 这里涉及存在与觉识的关系。但整首诗并非讲哲理,也不是表达什么玄秘思想,而是沿袭我国诗词的传统,表现一种心情或意境,采取近似我国一折旧戏的结构方式。

尺 八

像候鸟衔来了异方的种子,
三桅船载来了一枝尺八,
从夕阳里,从海西头。
长安丸载来的海西客
夜半听楼下醉汉的尺八,
想一个孤馆寄居的番客
听了雁声,动了乡愁,
得了慰藉于邻家的尺八,
次朝在长安市的繁华里
独访取一枝凄凉的竹管……
(为什么霓虹灯的万花间
还飘着一缕凄凉的古香?)
归去也,归去也,归去也——
像候鸟衔来了异方的种子,
三桅船载来了一枝尺八,
尺八乃成了三岛的花草。
(为什么霓虹灯的万花间
还飘着一缕凄凉的古香?)

归去也,归去也,归去也——
海西人想带回失去的悲哀吗?

圆 宝 盒

我幻想在哪儿(天河里?)
捞到了一只圆宝盒,
装的是几颗珍珠:
一颗晶莹的水银
掩有全世界的色相,
一颗金黄的灯火
笼罩有一场华宴,
一颗新鲜的雨点
含有你昨夜的叹气……
别上什么钟表店
听你的青春被蚕食,
别上什么骨董铺
买你家祖父的旧摆设。
你看我的圆宝盒
跟了我的船顺流
而行了,虽然舱里人
永远在蓝天的怀里,
虽然你们的握手

是桥——是桥——可是桥
也搭在我的圆宝盒里；
而我的圆宝盒在你们
或他们也许也就是
好挂在耳边的一颗
珍珠——宝石？——星？

断　章

你站在桥上看风景，
看风景人在楼上看你。

明月装饰了你的窗子，
你装饰了别人的梦。

音　尘

绿衣人熟稔的按门铃
就按在住户的心上:
是游过黄海来的鱼?
是飞过西伯利亚来的雁?
"翻开地图看",远人说。
他指示我他所在的地方
是那条虚线旁那个小黑点。
如果那是金黄的一点,
如果我的坐椅是泰山顶,
在月夜,我要猜你那儿
准是一个孤独的火车站。
然而我正对一本历史书。
西望夕阳里的咸阳古道,
我等到了一匹快马的蹄声。

鱼 化 石

我要有你的怀抱的形状,
我往往溶化于水的线条。
你真像镜子一样地爱我呢。
你我都远了乃有了鱼化石。

戴望舒

雨 巷

撑着油纸伞,独自
彷徨在悠长,悠长
又寂寥的雨巷,
我希望逢着
一个丁香一样地
结着愁怨的姑娘。

她是有
丁香一样的颜色,
丁香一样的芬芳,
丁香一样的忧愁,
在雨中哀怨,
哀怨又彷徨;

她彷徨在这寂寥的雨巷,
撑着油纸伞

像我一样,
像我一样地
默默彳亍着,
冷漠,凄清,又惆怅。

她静默地走近
走近,又投出
太息一般的眼光,
她飘过
像梦一般地,
像梦一般地凄婉迷茫。

像梦中飘过
一枝丁香地,
我身旁飘过这女郎;
她静默地远了,远了,
到了颓圮的篱墙,
走尽这雨巷。

在雨的哀曲里,
消了她的颜色,
散了她的芬芳,
消散了,甚至她的
太息般的眼光,
丁香般的惆怅。

撑着油纸伞,独自

彷徨在悠长,悠长
又寂寥的雨巷,
我希望飘过
一个丁香一样地
结着愁怨的姑娘。

我 的 记 忆

我的记忆是忠实于我的,
忠实甚于我最好的友人。

它生存在燃着的烟卷上,
它生存在绘着百合花的笔杆上,
它生存在破旧的粉盒上,
它生存在颓垣的木莓上,
它生存在喝了一半的酒瓶上,
在撕碎的往日的诗稿上,在压干的花片上,
在凄暗的灯上,在平静的水上,
在一切有灵魂没有灵魂的东西上,
它在到处生存着,像我在这世界一样。

它是胆小的,它怕着人们的喧嚣,
但在寂寥时,它便对我来作密切的拜访。
它的声音是低微的,
但是它的话是很长,很长,
很多,很琐碎,而且永远不肯休:

它的话是古旧的,老讲着同样的故事,
它底音调是和谐的,老唱着同样的曲子;
有时它还模仿着爱娇的少女的声音,
它的声音是没有气力的,
而且还夹着眼泪,夹着太息。

它的拜访是没有一定的,
在任何时间,在任何地点,
时常当我已上床,朦胧地想睡了;
或是选一个大清早,
人们会说它没有礼貌,
但是我们是老朋友。

它是琐琐地永远不肯休止的,
除非我凄凄地哭了,
或是沉沉地睡了,
但是我永远不讨厌它,
因为它是忠实于我的。

狱中题壁

如果我死在这里,
朋友啊,不要悲伤,
我会永远地生存
在你们的心上。

我们之中的一个死了,
在日本占领地的牢里,
他怀着的深深仇恨,
你们应该永远地记忆。

当你们回来,从泥土
掘起他伤损的肢体,
用你们胜利的欢呼
把他的灵魂高高扬起,

然后把他的白骨放在山峰,
曝着太阳,沐着飘风:
在那暗黑潮湿的土牢,
这曾是他唯一的美梦。

我用残损的手掌

我用残损的手掌
摸索这广大的土地:
这一角已变成灰烬,
那一角只是血和泥;
这一片湖该是我的家乡,
(春天,堤上繁花如锦幛,
嫩柳枝折断有奇异的芬芳)
我触到荇藻和水的微凉;
这长白山的雪峰冷到彻骨,
这黄河的水夹泥沙在指间滑出;
江南的水田,你当年新生的禾草
是那么细,那么软……现在只有蓬蒿;
岭南的荔枝花寂寞地憔悴,
尽那边,我蘸着南海没有渔船的苦水……
无形的手掌掠过无限的江山,
手指沾了血和灰,手掌黏了阴暗,
只有那辽远的一角依然完整,
温暖,明朗,坚固而蓬勃生春。

在那上面,我用残损的手掌轻抚,
像恋人的柔发,婴孩手中乳。
我把全部的力量运在手掌
贴在上面,寄与爱和一切希望,
因为只有那里是太阳,是春,
将驱逐阴暗,带来苏生,
因为只有那里我们不像牲口一样活,
蝼蚁一样死……那里,永恒的中国!

示 长 女

记得那些幸福的日子!
女儿,记在你幼小的心灵:
你童年点缀着海鸟的彩翎,
贝壳的珠色,潮汐的清音,
山岚的苍翠,繁花的绣锦,
和爱你的父母的温存。

我们曾有一个安乐的家,
环绕着淙淙的泉水声,
冬天曝着太阳,夏天笼着清荫,
白天有朋友,晚上有恬静,
岁月在窗外流,不来打搅
屋里终年长驻的欢欣,
如果人家窥见我们在灯下谈笑,
就会觉得单为了这也值得过一生。

我们曾有一个临海的园子,
它给我们滋养的番茄和金笋,

你爸爸读倦了书去垦地,
你妈妈在太阳阴里缝纫,
你呢,你在草地上追彩蝶,
然后在温柔的怀里寻温柔的梦境。

人人说我们最快活,
也许因为我们生活过得蠢,
也许因为你妈妈温柔又美丽,
也许因为你爸爸诗句最清新。

可是,女儿,这幸福是短暂的,
一霎时都被云锁烟埋;
你记得我们的小园临大海,
从那里你们一去就不再回来,
从此我对着那迢遥的天涯,
松树下常常徘徊到暮霭。

那些绚烂的日子,像彩蝶,
现在枉费你摸索追寻,
我仿佛看见你从这间房
到那间,用小手挥逐阴影,
然后,缅想着天外的父亲,
把疲倦的头搁在小小的绣枕。

可是,记着那些幸福的日子,
女儿,记在你幼小的心灵:
你爸爸仍旧会来,像往日,
守护你的梦,守护你的醒。

绿　原

小　时　候

小时候，
我不认识字，
妈妈就是图书馆。
我读着妈妈——

有一天，
这世界太平了：
人会飞，
小麦从雪地里出来，
钱都没有用……

金子用来做房屋的砖，
钞票用来糊纸鹞，
银币用来飘水纹……

我要做一个流浪的少年，
带着一只镀金的苹果、

一只银发的蜡烛，
　　　　和一只从埃及国飞来的红鹤，
旅行童话，
去向糖果城的公主求婚……

但是，妈妈说：
"现在你必须工作。"

诗 与 真

诗没有技术
真理没有衣服
人没有世故

一

在人生的课堂
我选择了诗
一个执拗的儿童
要一个严厉的老师

在人生的考场
诗替我帮了大忙
虽然我到处吃亏
我却没有失去希望

我曾是一个热情的蠢货
在老师面前我一再犯过
我常挥霍昂贵的青春

为了一点低廉的快乐

我曾是一个会思想的甲虫
诗领我去崇拜许多英雄
当真理用难题向我抽考
我轻快的翅膀忽然那么沉重

我曾是一个人生的流浪汉
我的跑步非常缓慢
我和诗从没有共过安乐
我和它却长久共着患难

我曾是一个少年浮士德
我被抛进了伟大的疑惑
世界原来比眼睛更大更大
诗呀诗,你这可爱的梅菲斯特

二

我曾悲哀于我的童年
它既单调而又暗淡
诗教我在黑暗中学习大胆
诗教我永远追赶时间
我的童年原来是最好的一种
它使我能够忍耐,习惯平凡

我永远学做一个新人
我永远在错误中前进

我儿时栽过一棵树
我总想和它较量青春
但诗不能有庸俗的胜利
理想和果实最后总归可能

诗是人类的兄长
它指责生活的幻想
诗给人以高度的自由
人必须有海水的方向
诗和真理都很平常
诗决不歌颂疯狂

人必须用诗找寻理性的光
人必须用诗通过丑恶的桥梁
人必须用诗开拓生活的荒野
人必须用诗战胜人类的虎狼
人必须同诗一路勇往直前
即使中途不断受伤

存 在

头发有它的影子
炊烟有它的重量
一颗圆点有它的面积
你知道,存在是可贵的。

夜将一切存在化为灰烬,
白昼又恢复着猛烈的燃烧。
你知道,倒退一步:
必然跃进得更远。

航 海

人活着
像航海

你的恨,你的风暴
你的爱,你的云彩

牛 汉

华 南 虎

在桂林
小小的动物园里
我见到一只老虎。

我挤在叽叽喳喳的人群中
隔着两道铁栅栏
向笼里的老虎
张望了许久许久,
但一直没有瞧见
老虎斑斓的面孔
和火焰似的眼睛。

笼里的老虎
背对胆怯而绝望的观众,
安详地卧在一个角落,
有人用石块砸它
有人向它厉声呵喝

有人还苦苦劝诱
它都一概不理!

又长又粗的尾巴
悠悠地在拂动,
哦,老虎,笼中的老虎,
你是梦见了苍苍莽莽的山林吗?
是屈辱的心灵在抽搐吗?
还是想用尾巴鞭击那些可怜而又可笑的观众?

你的健壮的腿
直挺挺地向四方伸开,
我看见你的每个趾爪
全都是破碎的,
凝结着浓浓的鲜血,
你的趾爪
是被人捆绑着
活活地铰掉的吗?
还是由于悲愤
你用同样破碎的牙齿
(听说你的牙齿是被钢锯锯掉的)
把它们和着热血咬碎……

我看见铁笼里
灰灰的水泥墙壁上
有一道一道的血淋淋的沟壑
闪电那般耀眼刺目,
像血写的绝命诗!

我终于明白……
羞愧地离开了动物园。
恍惚之中听见一声
石破天惊的咆哮,
有一个不羁的灵魂
掠过我的头顶
腾空而去,
我看见了火焰似的斑纹
火焰似的眼睛,
还有巨大而破碎的
滴血的趾爪!

悼念一棵枫树

我想写几页小诗,把你最后的绿叶保留下几片来。
——摘自日记

湖边山丘上
那棵最高大的枫树
被伐倒了……
在秋天的一个早晨

几个村庄
和这一片山野
都听到了,感觉到了
枫树倒下的声响

家家的门窗和屋瓦
每棵树,每根草
每一朵野花
树上的鸟,花上的蜂
湖边停泊的小船
都颤颤地哆嗦起来……

是由于悲哀吗?
这一天
整个村庄
和这一片山野上
飘着浓郁的清香

清香
落在人的心灵上
比秋雨还要阴冷

想不到
一棵枫树
表皮灰暗而粗犷
发着苦涩气息
但它的生命内部
却贮蓄了这么多的芬芳

芬芳
使人悲伤

枫树直挺挺地
躺在草丛和荆棘上
那么庞大,那么青翠
看上去比它站立的时候
还要雄伟和美丽

伐倒三天之后
枝叶还在微风中

簌簌地摇动
叶片上还挂着明亮的露水
仿佛亿万只含泪的眼睛
向大自然告别

哦,湖边的白鹤
哦,远方来的老鹰
还朝着枫树这里飞翔呢

枫树
被解成宽阔的木板
一圈圈年轮
涌出了一圈圈的
凝固的泪珠
泪珠
也发着芬芳

不是泪珠吧
它是枫树的生命
还没有死亡的血球

村边的山丘
缩小了许多
仿佛低下了头颅

伐倒了

一棵枫树
伐倒了
一个与大地相连的生命

麂　子

远远的
远远的
一只棕红色的麂子
在望不到边的
金黄的麦海里
一蹿一蹿地
似飞似飘
朝这里奔跑

四面八方的人
都看见了它
用惊喜的目光
用赞叹的目光
用担忧的目光

麂子
远方来的麂子
你为什么生得这么灵巧美丽

你为什么这么天真无邪
你为什么莽撞地离开高高的山林

五六个猎人
正伏在丛草里
正伏在山丘上
枪口全盯着你

哦,麂子
不要朝这里奔跑

我是一颗早熟的枣子

童年时,我家的枣树上,总有几颗枣子红得特别早,祖母说:"那是虫咬了心的。"果然,它们很快就枯凋。

——题记

人们
老远老远
一眼就望见了我

满树的枣子
一色青青
只有我一颗通红
红得刺眼
红得伤心

一条小虫
钻进我的胸腔
一口一口
噬咬着我的心灵

我很快就要死去
在枯凋之前
一夜之间由青变红
仓促地完成了我的一生

不要赞美我……

我憎恨这悲哀的早熟
我是大树母亲绿色的胸前
凝结的一滴
受伤的血

我是一颗早熟的枣子
很红很红
但我多么羡慕绿色的青春

汗 血 马

跑过一千里戈壁才有河流
跑过一千里荒漠才有草原

无风的七月八月天
戈壁是火的领地
只有飞奔
四脚腾空的飞奔
胸前才感觉有风
才能穿过几百里闷热的浮尘

汗水全被焦渴的尘砂舐光
汗水结晶成马的白色的斑纹

汗水流尽了
胆汁流尽了
向空旷冲刺的目光
宽阔的抽搐的胸肌
沉默地向自己生命的内部求援

从肩胛和臀股
沁出一粒一粒的血珠
世界上
只有汗血马
血管与汗腺相通

肩胛上并没有翅翼
四蹄也不会生风
汗血马不知道人间美妙的神话
它只向前飞奔
浑身蒸腾出彤云似的血气
为了翻越雪封的大坂
和凝冻的云天
生命不停地自燃

流尽了最后一滴血
用筋骨还能飞奔一千里

汗血马
扑倒在生命的顶点
焚化成了一朵
雪白的花

附注：
传说汗血马飞跑到最后，体躯变得很小很轻，骑士把它背回家乡埋葬。

夜

关死门窗
觉得黑暗不会再进来

我点起了灯

但黑暗是一群狼
还伏在我的门口

听见有千万只爪子
不停地撕裂着我的窗户

灯在颤抖
在不安的灯光下我写诗

诗不颤抖

酷夏,一个人在北京自言自语

北京城没有自己的云自己的雷
云都是从远方飘来的
雷究竟藏在哪一片云里
谁也无法知道
不信,你喊叫一声雷
雷才不会答理你呢

北京城自己不会下雨
雨是从远方的云带来的
你以为当头那一朵云能变成雨
唉,那朵云朝下面望望又飘走了

下不下雨我做不了主
打不打雷我做不了主
但是听到远远的天边有雷响雷动也痛快
望见远远的天边有电光一明一灭
呆滞的眼神也会快活地明亮一下

雨下到别处也好
北京城至少能沾到一点凉气

阿 垅

犹 大

十二门徒中
明知犹大在。

暴虐
一海的水淹没不了一粒明珠呀,
叛卖
阴险的十字架杀害不了不朽的光呀。

革命是无可出卖的,
胜利是无可出卖的,
世界是无可出卖的,
历史是无可出卖的,
人之子一个人
是无可出卖的;
出卖了的是
一个卑贱而又卑贱的灵魂

那个犹大他自己。

但是
犹大是立在十二大门徒之中
偎依在上帝底袍袖阴影里
寄生在人之子底战斗呼吸里
等候在他自己底卑贱的命运里。

无 题

不要踏着露水——
因为有过人夜哭。……

哦,我底人啊,我记得极清楚,
在白鱼烛光里为你读过《雅歌》。

但是不要这样为我祷告,不要!
我无罪,我会赤裸着你这身体去见上帝。……

但是不要计算星和星间的空间吧。
不要用光年;用万有引力,用相照的光。

要开作一枝白色花——
因为我要这样宣告,我们无罪,然后我们凋谢。

曾　卓

悬崖边的树

不知道是什么奇异的风
将一棵树吹到了那边——
平原的尽头
临近深谷的悬崖上

它倾听远处森林的喧哗
和深谷中小溪的歌唱
它孤独地站在那里
显得寂寞而又倔强

它的弯曲的身体
留下了风的形状
它似乎即将倾跌进深谷里
却又像是要展翅飞翔……

穆　旦

在寒冷的腊月的夜里

在寒冷的腊月的夜里,风扫着北方的平原,
北方的田野是枯干的,大麦和谷子已经推进了村庄,
岁月尽竭了,牲口憩息了,村外的小河冻结了,
在古老的路上,在田野的纵横里闪着一盏灯光,
　　　一副厚重的,多纹的脸,
　　　他想什么?他做什么?
　　　在这亲切的,为吱哑的轮子压死的路上。

风向东吹,风向南吹,风在低矮的小街上旋转,
木格的窗纸堆着沙土,我们在泥草的屋顶下安眠,
谁家的儿郎吓哭了,哇——呜——呜——从屋顶传
　过屋顶,
他就要长大了渐渐和我们一样地躺下,一样地打鼾,
　　　从屋顶传过屋顶,风
　　　这样大岁月这样悠久,
　　　我们不能够听见,我们不能够听见。

火熄了么？红的炭火拨灭了么？一个声音说，
我们的祖先是已经睡了,睡在离我们不远的地方，
所有的故事已经讲完了,只剩下了灰烬的遗留，
在我们没有安慰的梦里,在他们走来又走去以后，
　　　　在门口,那些用旧了的镰刀，
　　　　锄头,牛轭,石磨,大车，
　　　静静地,正承接着雪花的飘落。

赞 美

走不尽的山峦的起伏,河流和草原,
数不尽的密密的村庄,鸡鸣和狗吠,
接连在原是荒凉的亚洲的土地上,
在野草的茫茫中呼啸着干燥的风,
在低压的暗云下唱着单调的东流的水,
在忧郁的森林里有无数埋藏的年代。
它们静静地和我拥抱:
说不尽的故事是说不尽的灾难,沉默的
是爱情,是在天空飞翔的鹰群,
是干枯的眼睛期待着泉涌的热泪,
当不移的灰色的行列在遥远的天际爬行;
我有太多的话语,太悠久的感情,
我要以荒凉的沙漠,坎坷的小路,骡子车,
我要以槽子船,漫山的野花,阴雨的天气,
我要以一切拥抱你,你,
我到处看见的人民呵,
在耻辱里生活的人民,佝偻的人民,
我要以带血的手和你们一一拥抱。

因为一个民族已经起来。

一个农夫,他粗糙的身躯移动在田野中,
他是一个女人的孩子,许多孩子的父亲,
多少朝代在他的身边升起又降落了
而把希望和失望压在他身上,
而他永远无言地跟在犁后旋转,
翻起同样的泥土溶解过他祖先的,
是同样的受难的形象凝固在路旁。
在大路上多少次愉快的歌声流过去了,
多少次跟来的是临到他的忧患;
在大路上人们演说,叫嚣,欢快,
然而他没有,他只放下了古代的锄头,
再一次相信名词,溶进了大众的爱,
坚定地,他看着自己溶进死亡里,
而这样的路是无限的悠长的
而他是不能够流泪的,
他没有流泪,因为一个民族已经起来。

在群山的包围里,在蔚蓝的天空下,
在春天和秋天经过他家园的时候,
在幽深的谷里隐着最含蓄的悲哀:
一个老妇期待着孩子,许多孩子期待着
饥饿,而又在饥饿里忍耐,
在路旁仍是那聚集着黑暗的茅屋,
一样的是不可知的恐惧,一样的是
大自然中那侵蚀着生活的泥土,

而他走去了从不回头诅咒。
为了他我要拥抱每一个人，
为了他我失去了拥抱的安慰，
因为他，我们是不能给以幸福的，
痛哭吧，让我们在他的身上痛哭吧，
因为一个民族已经起来。

一样的是这悠久的年代的风，
一样的是从这倾圮的屋檐下散开的
无尽的呻吟和寒冷，
它歌唱在一片枯槁的树顶上，
它吹过了荒芜的沼泽，芦苇和虫鸣，
一样的是这飞过的乌鸦的声音
当我走过，站在路上踟蹰，
我踟蹰着为了多年耻辱的历史
仍在这广大的山河中等待，
等待着，我们无言的痛苦是太多了，
然而一个民族已经起来，
然而一个民族已经起来。

春

绿色的火焰在草上摇曳,
他渴求着拥抱你,花朵。
反抗着土地,花朵伸出来,
当暖风吹来烦恼,或者欢乐。
如果你是醒了,推开窗子,
看这满园的欲望多么美丽。

蓝天下,为永远的谜迷惑着的
是我们二十岁的紧闭的肉体,
一如那泥土做成的鸟的歌,
你们被点燃,却无处归依。
呵,光,影,声,色,都已经赤裸,
痛苦着,等待伸入新的组合。

诗 八 首

一

你底眼睛看见这一场火灾,
你看不见我,虽然我为你点燃;
唉,那燃烧着的不过是成熟的年代,
你底,我底。我们相隔如重山!

从这自然底蜕变底程序里,
我却爱了一个暂时的你。
即使我哭泣,变灰,变灰又新生,
姑娘,那只是上帝玩弄他自己。

二

水流山石间沉淀下你我,
而我们成长,在死底子宫里。
在无数的可能里一个变形的生命

永远不能完成他自己。

我和你谈话,相信你,爱你,
这时候就听见我底主暗笑,
不断地他添来另外的你我
使我们丰富而且危险。

三

你底年龄里的小小野兽,
它和春草一样地呼吸,
它带来你底颜色,芳香,丰满,
它要你疯狂在温暖的黑暗里。

我越过你大理石的理智殿堂,
而为它埋藏的生命珍惜;
你我底手底接触是一片草场,
那里有它底固执,我底惊喜。

四

静静地,我们拥抱在
用言语所能照明的世界里,
而那未成形的黑暗是可怕的,
那可能和不可能的使我们沉迷。

那窒息着我们的

是甜蜜的未生即死的言语,
它底幽灵笼罩,使我们游离,
游进混乱的爱底自由和美丽。

五

夕阳西下,一阵微风吹拂着田野,
是多么久的原因在这里积累。
那移动了景物的移动我底心
从最古老的开端流向你,安睡。

那形成了树林和屹立的岩石的,
将使我此时的渴望永存,
一切在它底过程中流露的美
教我爱你的方法,教我变更。

六

相同和相同溶为怠倦,
在差别间又凝固着陌生;
是一条多么危险的窄路里,
我制造自己在那上面旅行。

他存在,听从我底指使,
他保护,而把我留在孤独里,
他底痛苦是不断的寻求
你底秩序,求得了又必须背离。

七

风暴,远路,寂寞的夜晚,
丢失,记忆,永续的时间,
所有科学不能祛除的恐惧
让我在你底怀里得到安憩——

呵,在你底不能自主的心上,
你底随有随无的美丽的形象,
那里,我看见你孤独的爱情
笔立着,和我底平行着生长!

八

再没有更近的接近,
所有的偶然在我们间定型;
只有阳光透过缤纷的枝叶
分在两片情愿的心上,相同。

等季候一到就要各自飘落,
而赐生我们的巨树永青,
它对我们的不仁的嘲弄
(和哭泣)在合一的老根里化为平静。

三十诞辰有感

一

从至高的虚无接受层层的命令,
不过是观测小兵,深入广大的敌人,
必须以双手拥抱,得到不断的伤痛,

多么快已踏过了清晨的无罪的门槛,
那晶莹寒冷的光线就快要冒烟,燃烧,
当太洁白的死亡呼求到色彩里投生,

是不情愿的情愿,不肯定的肯定,
攻击和再攻击,不过酝酿最后的叛变,
胜利和荣耀永远属于不见的主人。

然而暂刻就是诱惑,从无到有,
一个没有年岁的人站入青春的影子:
重新发现自己,在毁灭的火焰之中。

二

时而剧烈,时而缓和,向这微尘里流注,
时间,它吝啬又嫉妒,创造时而毁灭,
接连地承受它的任性于是有了我。

在过去和未来两大黑暗间,以不断熄灭的
现在,举起了泥土,思想和荣耀,
你和我,和这可憎的一切的分野。

而在每一刻的崩溃上,看见一个敌视的我,
枉然的挚爱和守卫,只有跟着向下碎落,
没有钢铁和巨石不在它的手里化为纤粉。

留恋它像长长的记忆,拒绝我们像冰,
是时间的旅程。和它肩并肩地粘在一起,
一个沉默的同伴,反证我们句句温馨的耳语。

智慧之歌

我已走到了幻想底尽头，
这是一片落叶飘零的树林，
每一片叶子标记着一种欢喜，
现在都枯黄地堆积在内心。

有一种欢喜是青春的爱情，
那是遥远天边的灿烂的流星，
有的不知去向，永远消逝了，
有的落在脚前，冰冷而僵硬。

另一种欢喜是喧腾的友谊，
茂盛的花不知道还有秋季，
社会的格局代替了血的沸腾，
生活的冷风把热情铸为实际。

另一种欢喜是迷人的理想，
它使我在荆棘之途走得够远，
为理想而痛苦并不可怕，

可怕的是看它终于成笑谈。

只有痛苦还在,它是日常生活
每天在惩罚自己过去的傲慢,
那绚烂的天空都受到谴责,
还有什么彩色留在这片荒原?

但唯有一棵智慧之树不凋,
我知道它以我的苦汁为营养,
它的碧绿是对我无情的嘲弄,
我咒诅它每一片叶的滋长。

冥 想

一

为什么万物之灵的我们,
遭遇还比不上一棵小树?
今天你摇摇它,优越地微笑,
明天就化为根下的泥土。
为什么由手写出的这些字,
竟比这只手更长久,健壮?
它们会把腐烂的手抛开,
而默默生存在一张破纸上。
因此,我傲然生活了几十年,
仿佛曾做着万物的导演,
实则在它们永久的秩序下
我只当一会儿小小的演员。

二

把生命的突泉捧在我手里,
我只觉得它来得新鲜,
是浓烈的酒,清新的泡沫,
注入我的奔波、劳作、冒险。
仿佛前人从未经临的园地
就要展现在我的面前。
但如今,突然面对着坟墓,
我冷眼向过去稍稍回顾,
只见它曲折灌溉的悲喜
都消失在一片亘古的荒漠,
这才知道我的全部努力
不过完成了普通的生活。

冬

一

我爱在淡淡的太阳短命的日子,
临窗把喜爱的工作静静做完;
才到下午四点,便又冷又昏黄,
我将用一杯酒灌溉我的心田。
多么快,人生已到严酷的冬天。

我爱在枯草的山坡,死寂的原野,
独自凭吊已埋葬的火热一年,
看着冰冻的小河还在冰下面流,
不知低语着什么,只是听不见。
呵,生命也跳动在严酷的冬天。

我爱在冬晚围着温暖的炉火,
和两三昔日的好友会心闲谈,
听着北风吹得门窗沙沙地响,

而我们回忆着快乐无忧的往年。
人生的乐趣也在严酷的冬天。

我爱在雪花飘飞的不眠之夜，
把已死去或尚存的亲人珍念，
当茫茫白雪铺下遗忘的世界，
我愿意感情的热流溢于心间，
来温暖人生的这严酷的冬天。

二

寒冷,寒冷,尽量束缚了手脚,
潺潺的小河用冰封住口舌,
盛夏的蝉鸣和蛙声都沉寂,
大地一笔勾销它笑闹的蓬勃。

谨慎,谨慎,使生命受到挫折,
花呢？绿色呢？血液闭塞住欲望,
经过多日的阴霾和犹疑不决,
才从枯树枝漏下淡淡的阳光。

奇怪！春天是这样深深隐藏,
哪儿都无消息,都怕峥露头角,
年轻的灵魂裹进老年的硬壳,
仿佛我们穿着厚厚的棉袄。

三

你大概已停止了分赠爱情,
把书信写了一半就住手,
望望窗外,天气是如此肃杀,
因为冬天是感情的刽子手。

你把夏季的礼品拿出来,
无论是蜂蜜,是果品,是酒,
然后坐在炉前慢慢品尝,
因为冬天已经使心灵枯瘦。

你拿一本小说躺在床上,
在另一个幻象世界周游,
它使你感叹,或使你向往,
因为冬天封住了你的门口。

你疲劳了一天才得休息,
听着树木和草石都在嘶吼,
你虽然睡下,却不能成梦,
因为冬天是好梦的刽子手。

四

在马房隔壁的小土屋里,
风吹着窗纸沙沙响动,

几只泥脚带着雪走进来,
让马吃料,车子歇在风中。

高高低低围着火坐下,
有的添木柴,有的在烘干,
有的用他粗而短的指头
把烟丝倒在纸里卷成烟。

一壶水滚沸,白色的水雾
弥漫在烟气缭绕的小屋,
吃着,哼着小曲,还谈着
枯燥的原野上枯燥的事物。

北风在电线上朝他们呼唤,
原野的道路还一望无际,
几条暖和的身子走出屋,
又迎面扑进寒冷的空气。

郑　敏

金黄的稻束

金黄的稻束站在
割过的秋天的田里,
我想起无数个疲倦的母亲,
黄昏路上我看见那皱了的美丽的脸,
收获日的满月在
高耸的树巅上,
暮色里,远山
围着我们的心边,
没有一个雕像能比这更静默。
肩荷着那伟大的疲倦,你们
在这伸向远远的一片
秋天的田里低首沉思,
静默。静默。历史也不过是
脚下一条流去的小河,
而你们,站在那儿,
将成为人类的一个思想。

树

我从来没有真正听见声音
像我听见树的声音,
当他悲伤,当他忧郁
当他鼓舞,当他多情
时的一切声音
即使在黑暗的冬夜里,
你走过它也应当像
走过一个失去民族自由的人民
你听不见那封锁在血里的声音吗?
当春天来到时
它的每一只强壮的手臂里
埋藏着千百个啼扰的婴儿。

我从来没有真正感觉过宁静
像我从树的姿态里
所感受到的那样深
无论自那一个思想里醒来
我的眼睛遇见它

屹立在那同一的姿态里。
在它的手臂间星斗转移
在它的注视下溪水慢慢流去，
在它的胸怀里小鸟来去
而它永远那么祈祷,沉思
仿佛生长在永恒宁静的土地上。

雷诺阿的《少女画像》

追寻你的人,都从那半垂的眼睛走入你的深处,
它们虽然睁开,却没有把光投射给外面世界,
而像是灵魂的海洋的入口,从那里你的一切
思维又流返冷静的形体,像被地心吸回的海潮。

现在我看见你的嘴唇,这样冷酷地紧闭,
使我想起岩岸封锁了一个深沉的自己。
虽然丰稔的青春已经从你发光的长发泛出,
但是你这样苍白,仍像一个暗澹的早春。

呵,你不是吐出光芒的星辰,也不是
散着芬芳的玫瑰,或是泛溢着成熟的果实,
却是吐放前的紧闭,成熟前的苦涩。

瞧,一个灵魂先怎样紧紧地把自己闭锁,
而后才向世界展开。她苦苦地默思和聚炼自己,
为了就将向一片充满了取予的爱的天地走去。

村落的早春

我谛视着它：
蜷伏在城市的脚边，
用千百张暗褐的庐顶，
无数片飞舞的碎布
向宇宙描绘着自己
正如住在那里的人们
说着，画着，呼喊着生命
却用他们粗糙的肌肤。
知恩的舌尖从成熟的果实里
体味出：树木在经过
寒冬的坚忍，春天的迷惘
夏季的风雨后
所留下的一口生命的甘美；
同情的心透过
这阳光里微笑着的村落
重看见每一个久雨阴湿的黑夜
当茅顶颤抖着，墙摇摆地
保护着一群人们

贫穷在他们的后面
化成树丛里的恶犬。
但是,现在,瞧它如何骄傲的打开胸怀
像炎夏里的一口井,把同情的水掬给路人
它将柔和的景色展开为了
有些无端被认为愚笨的人,
他们的泥泞的赤足,疲倦的肩
憔悴的面容和被漠视的寂寞的心;
现在,女人在洗衣裳,孩童游戏,
犬在跑,轻烟跳上天空,
更像解冻的河流的是那久久闭锁着的
欢欣,
开始缓解的流了,当他们看见
树梢上,每一个夜晚多添几面
绿色的希望的旗帜。

陈敬容

水 和 海

带着神圣的喜悦,
永远向那块墓地行进,
温柔地、甜蜜地感伤,
你们将自己委弃给爱
或幸福的别一些美名。

苦难是骄矜者的王国,
那里日夜枯萎着生命的花朵;
当月色清冷或灯火青苍,
曾经燃烧的梦魂
僵化于绝望的土壤。

不息的流泉啊,可怜的心,
你寻找什么样的依归?
海,汹涌的大海,
我听到你召唤的涛声——

一切江河,一切溪流,
莫不向着你奔腾;
但它们仍将是水,
是水!它们属于
你,也属于自身。

雨　后

雨后黄昏的天空，
静穆如祈祷女肩上的披巾；
树叶的碧意是一个流动的海，
烦热的躯体在那儿沐浴。

我们避雨到槐树底下，
坐着看雨后的云霞，
看黄昏退落,看黑夜行进，
看林梢闪出第一颗星星。

有什么在时间里沉睡，
带着假想的悲哀？
从岁月里常常有什么飞去，
又有什么悄悄地飞来？

我们手握着手、心靠着心，
溪水默默地向我们倾听；
当一只青蛙在草丛间跳跃，
我仿佛看见大地映着眼睛。

英雄的沉默

每一个追寻的过程里布满背离的
痕迹,为了要突破、突破,啊,
那斑斑的血,从忍耐与坚持中流出,
渗入期待的泥土,在那儿生根、发芽,
成长为大树,负载累累的叶和花;

斗争不拒绝分内的晴明和阴雨,
哪怕是尘砂,也要亲切地拾取;
就像蚌,小小形体内包容着
沙漠和海洋,长年辛苦的搓磨,
征服时间,完成晶莹的珠光。

爱和恨——悲壮的交织,
这世界有一天要渴求认识,
它要失声呼唤:英雄!英雄!
哪儿是英雄?没谁回答,
整个宇宙化入沉默的平凡。

假如你走来

假如你走来，
在一个微温的夜晚
轻轻地走来，
叩我寂寥的门窗；

假如你走来，
不说一句话，
将你战慄的肩膀，
倚靠着白色的墙。

我将从沉思的坐椅中
静静地立起，
在书页里寻出来
一朵萎去的花
插在你的衣襟上。
我也将给你一个缄默，
一个最深的凝望；
而当你又踽踽地走去，

我将哭泣——
　　是因为幸福，
　　不是悲伤。

辛 笛

风 景

列车轧在中国的肋骨上
一节接着一节社会问题
比邻而居的是茅屋和田野间的坟
生活距离终点这样近
夏天的土地绿得丰饶自然
兵士的新装黄得旧褪凄惨
惯爱想一路来行过的地方
说不出生疏却是一般的黯淡
瘦的耕牛和更瘦的人
都是病，不是风景！

人　生

人生多种样
有人一生就做一个题目
有人是题目多于文字
有人一直是"无题"
有人是做就做了没有想到题目
有人是不要题目而题目来了

我什么都不要说
更不说疲倦
我只想做一点我们应该做的事情
能做多少就是多少
我只想立着像一方雕像
虽然沉默
可是他有美有力
由坚凝取得了永久

杜运燮

无 题

山暗下来,树挤成一堆,
　　花草再没有颜色;
亲爱的,你的眸子更黑,
　　更亮,在烧灼我的脉搏。
请再掀动你的嘴唇,
我要更多的眩晕:我们
　　已在地球的旋转里,
　　带着灿烂的星群。

原谅我一再给自己下命令,
　　又撤销,不断在诅咒;
站着警察的城里飘来嗄声:
　　有时威胁,有时诉苦;
但现在,亲爱的,只向远飞,
让我们溶解,让我们忏悔
　　那性急的不祥哭泣,

和那可耻的妒忌。

让我们像那细白的两朵云,
　更远更轻,终于消失
在平静的蓝色里,人们再不能
　批评他们的罗曼史;
泛滥而无法疏导,我们
就靠紧,回忆幸福,美丽的梦,
　在无言的相接里交流,
　看黄昏的朦胧悄悄被带走。

追物价的人

物价已是抗战的红人。
从前同我一样,用腿走,
现在不但有汽车,坐飞机,
还结识了不少要人,阔人,
他们都捧他,搂他,提拔他,
他的身体便如烟一般轻,
飞。但我得赶上他,不能落伍。
抗战是伟大的时代,不能落伍。
虽然我已经把温暖的家丢掉,
把好衣服厚衣服,把心爱的书丢掉,
还把妻子儿女的嫩肉丢掉,
而我还是太重,太重,走不动,
让物价在报纸上,陈列窗里,
统计家的笔下,随便嘲笑我。
啊,是我不行,我还存有太多的肉,
还有菜色的妻子儿女,她们也有肉,
还有重重补丁的破衣,它们也太重,
这些都应该丢掉。为了抗战,

为了抗战,我们都应该不落伍,
看看人家物价在飞,赶快迎头赶上,
即使是轻如鸿毛的死,
也不要计较,就是不要落伍。

杭约赫

知识分子

多向往旧日的世界,
你读破了名人传记:
一片月光、一瓶萤火
墙洞里搁一顶纱帽。

在鼻子前挂面镜子,
到街坊去买本相书。
谁安于这淡茶粗饭,
脱下布衣直上青云。

千担壮志,埋入书卷,
万年历史不会骗人。
但如今你齿落鬓白,
门前的秋叶没了路。

这件旧长衫拖累住
你，空守了半世窗子。

最 初 的 蜜

——写给在狱中的 M

你最爱那脚下的路,路
我也爱。记得有人说过
不用担心到达,重要的
是走哪条路。看它是否

朝着我们挑选的方向。
在路上,我们相遇了又
离开,爱情咬得我们好
苦。而你这初生的牛犊

凭幻想的翅膀,去冲破
世俗平庸的网罗。自从
你领悟了人生的真谛:
自由不只属于你,不只

属于我,人类的共同的
命运——这爱情的坚贞和

永恒的基础。我们怀着
顽强的信念,去探索去

追求,在生活的海洋里
不再感到孤单与寂寞。
纵然命途多舛,满天的
阴云如墨,为迎接朝阳

准备着:随时献出自己
有多少好兄弟、好姊妹
在我们前面走过去了。
跟上,去完成这伟大的

历史使命!而今你刚刚
迈出这第一步,陷阱便
收留下你——一个严峻的
黎明前的考验:酷刑和

铁窗生活,较破灭爱情
更现实的痛苦。这是段
极难挨的时间哩!我们
相隔如重山——三尺之地

呵呵你热爱那路,现在
你的路,在我们的脚下
生命的意义,为了征服
它,你已尝到最初的蜜

袁可嘉

沉 钟

让我沉默于时空，
如古寺锈绿的洪钟，
负驮三千载沉重，
听窗外风雨匆匆；

把波澜掷给大海，
把无垠还诸苍穹，
我是沉寂的洪钟，
沉寂如蓝色凝冻；

生命脱蒂于苦痛，
苦痛任死寂煎烘，
我是锈绿的洪钟，
收容八方的野风！

难　民

要拯救你们必先毁灭你们，
这是实际政治的传统秘密①；
死也好，活也好，都只是为了别的，
逃难却成了你们的世代专业；

太多的信任把你们拖到城市，
向贪婪者求乞原是一种讽刺；
饥饿的疯狂掩不住本质的诚恳，
慧黠者却轻轻把诚恳变作资本；

像脚下的土地，你们是必需的多余，
重重的存在只为轻轻的死去；
深恨现实，你们缺乏必需的语言，
到死也说不明白这被人作弄的苦难。

---

①　抗日战争期间，国统区官吏以救济难民为名，行贪污中饱之实。——作者补注

知 识 链 接

【名家诗论】

《中国新文学大系(1917—1927)·诗集》导言

朱自清

一

　　胡适之氏是第一个"尝试"新诗的人,起手是民国五年七月。①新诗第一次出现在《新青年》四卷一号上,作者三人,胡氏之外,有沈尹默刘半农二氏;诗九首,胡氏作四首,第一首便是他的《鸽子》。这时是七年正月。他的《尝试集》,我们第一部新诗集,出版是在九年三月。

　　清末夏曾佑谭嗣同诸人已经有"诗界革命"的志愿,他们所作"新诗",却不过检些新名词以自表异。只有黄遵宪走得远些,他

---

① 《胡适文存一》,《〈尝试集〉自序》。——作者原注,本文后列注文皆为作者原注。

一面主张用俗话作诗——所谓"我手写我口"——，一面试用新思想和新材料——所谓"古人未有之物，未辟之境"——入诗。① 这回"革命"虽然失败了，但对于民七的新诗运动，在观念上，不在方法上，却给予很大的影响。

不过最大的影响是外国的影响。梁实秋氏说外国的影响是白话文运动的导火线：他指出美国印象主义者六戒条里也有不用典，不用陈腐的套语；新式标点和诗的分段分行，也是模仿外国；而外国文学的翻译，更是明证。② 胡氏自己说《关不住了》一首是他的新诗成立的纪元，③而这首诗却是译的，正是一个重要的例子。

新诗运动从诗体解放下手；胡氏以为诗体解放了，"丰富的材料，精密的观察，高深的理想，复杂的感情，方才能跑到诗里去"。④这四项其实只是泛论，他具体的主张见于《谈新诗》。消极的不作无病之呻吟，积极的以乐观主义入诗。他提倡说理的诗。音节，他说全靠（一）语气的自然节奏，（二）每句内部所用字的自然和谐，平仄是不重要的。用韵，他说有三种自由：（一）用现代的韵，（二）平仄互押，（三）有韵固然好，没有韵也不妨。方法，他说须要用具体的做法。⑤这些主张大体上似乎为《新青年》诗人所共信；《新潮》，《少年中国》，《星期评论》，以及文学研究会诸作者，大体上也这般作他们的诗。《谈新诗》差不多成为诗的创造和批评的金科玉律了。

那正是"五四"之后，⑥刚在开始一个解放的时代。《谈新诗》切实指出解放后的路子，彷徨着的自然都走上去。乐观主义，旧诗中极罕见；胡氏也许受了外来影响，但总算是新境界；同调的却只

---

① 《胡适文存二集》，《五十年来中国之文学》。
② 《浪漫的与古典的》六至一二面。
③ 《胡适文存一》，《〈尝试集〉再版自序》。
④⑤ 《胡适文存一》。
⑥ 《谈新诗》作于八年十月。

有康白情氏一人。说理的诗可成了风气,那原也是外国影响。[①]直到民十五止,这个风气才渐渐衰下去;但在徐志摩氏的诗里,还可寻着多少遗迹。"说理"是这时期诗的一大特色。照周启明氏看法,这是古典主义的影响,却太晶莹透澈了,缺少了一种余香与回味。[②]

民七以来,周氏提倡人道主义的文学;所谓人道主义,指"个人主义的人间本位主义"而言。[③] 这也是时代的声音,至今还为新诗特色之一。胡适之氏《人力车夫》《你莫忘记》也正是这种思想,不过未加提倡罢了。——胡氏后来却提倡"诗的经验主义"[④],可以代表当时一般作诗的态度。那便是以描写实生活为主题,而不重想象,中国诗的传统原本如此。因此有人称这时期诗为自然主义。[⑤] 这时期写景诗特别发达[⑥],也是这个缘故。写景诗却是新进步;胡氏《谈新诗》里的例可见。

自然音节和诗可无韵的说法,似乎也是外国"自由诗"的影响。但给诗找一种新语言,决非容易,况且旧势力也太大。多数作者急切里无法甩掉旧诗词的调子;但是有死用活用之别。胡氏好容易造成自己的调子,变化可太少。康白情氏解放算彻底的,他能找出我们语言的一些好音节,《送客黄浦》便是;但集中名为诗而实是散文的却多。只有鲁迅氏兄弟全然摆脱了旧镣铐,周启明氏简直不大用韵。他们另走上欧化一路。走欧化一路的后来越过越多。——这说的欧化,是在文法上。

"具体的做法"不过用比喻说理,可还是缺少余香与回味的

---

① 《〈尝试集〉》自序。
② 《〈扬鞭集〉序》。
③ 《新青年》五卷六号《人的文学》。
④ 《尝试集》四版《梦与诗》跋。
⑤ 《诗歌》(在日本出版)创刊号。
⑥ 余冠英《论新诗》(清华大学毕业论文)。

多。能够浑融些或精悍些的便好。像周启明氏的《小河》长诗,便融景入情,融情入理。至于有意的讲究用比喻,怕要到李金发氏的时候。

这时期作诗最重自由。梁实秋氏主张有些字不能入诗,周启明氏不以为然,引起一场有趣的争辩。① 但商务印书馆主人却非将《将来之花园》中"小便"删去不可。另一个理想是平民化,当时只俞平伯氏坚持,他"要恢复诗的共和国";康白情氏和周启明氏都说诗是贵族的。诗到底怕是贵族的。

这时期康白情氏以写景胜,梁实秋氏称为"设色的妙手"②;写情如《窗外》拟人法的细腻,《一封没写完的信》那样质朴自然,也都是新的。又《鸭绿江以东》,《别少年中国》,悲歌慷慨,令人奋兴。——只可惜有些诗作的太自由些。俞平伯氏能融旧诗的音节入白话,如《凄然》;又能利用旧诗里的情境表现新意,如《小劫》;写景也以清新著,如《孤山听雨》。《呓语》中有说理浑融之作;《乐谱中之一行》颇作超脱想。《忆》是有趣的尝试,童心的探求,时而一中,教人欢喜赞叹。

中国缺少情诗,有的只是"忆内""寄内",或曲喻隐指之作;坦率的告白恋爱者绝少,为爱情而歌咏爱情的更是没有。③ 这时期新诗做到了"告白"的一步。《尝试集》的《应该》最有影响,可是一半的趣味怕在文字的缴绕上。康白情氏《窗外》却好。但真正专心致志做情诗的,是"湖畔"的四个年轻人。他们那时候差不多可以说生活在诗里。潘漠华氏最是凄苦,不胜掩抑之致;冯雪峰氏明快多了,笑中可也有泪;汪静之氏一味天真的稚气;应修人氏却嫌味儿淡些。

---

① 十一年五月及六月《晨报副刊》。
② 《〈冬夜〉〈草儿〉评论》。
③ 钱锺书"On 'Old Chinese Poetry'", *The China Critic*, Vol. VI, No. 50。

周启明氏民十翻译了日本的短歌和俳句,①说这种体裁适于写一地的景色,一时的情调,是真实简炼的诗。② 到处作者甚众。但只剩了短小的形式:不能把捉那刹那的感觉,也不讲字句的经济,只图容易,失了那曲包的余味。周氏自己的翻译,实在是创作;别的只能举《论小诗》里两三个例,和何植三氏《农家的草紫》一小部分。也在那一年,冰心女士发表了《繁星》③,第二年又出了《春水》,她自己说是读太戈尔而有作;一半也是衔接着那以诗说理的风气。民十二宗白华氏的《流云小诗》,也是如此。这是所谓哲理诗,小诗的又一派。两派也都是外国影响,不过来自东方罢了。《流云》出后,小诗渐渐完事,新诗跟着也中衰。

白采的《羸疾者的爱》一首长诗,是这一路诗的押阵大将。④他不靠复沓来维持它的结构,却用了一个故事的形式。是取巧的地方,也是聪明的地方。虽然没有持续的想象,虽然没有奇丽的比喻,但那质朴,那单纯,教它有力量。只可惜他那"优生"的理在诗里出现,还嫌太早,一般社会总看得淡淡的远远的,与自己水米无干似的。他读了尼采的翻译,多少受了他一点影响。

和小诗运动差不多同时,⑤一支异军突起于日本留学界中,这便是郭沫若氏。他主张诗的本职专在抒情,在自我表现,诗人的利器只有纯粹的直观;他最厌恶形式,而以自然流露为上乘,说"诗不是'做'出来的,只是'写'出来的"。他说,

> 只要是我们心中的诗意诗境底纯真的表现,命泉中流出来的Strain,心琴上弹出来的Melody,生底颤动,灵底喊叫,那

---

① 《小说月报》十二卷五号。
② 《论小诗》。
③ 《晨报副刊》。
④ 十四年四月出版。
⑤ 《女神》,十年八月出版。

便是真诗,好诗,便是我们人类底欢乐底源泉,陶醉底美酿,慰安底天国。①

"诗是写出来的"一句话,后来让许多人误解了,生出许多恶果来;但于郭氏是无损的。他的诗有两样新东西,都是我们传统里没有的:——不但诗里没有——泛神论,与二十世纪的动的和反抗的精神。② 中国缺乏冥想诗。诗人虽然多是人本主义者,却没有去摸索人生根本问题的。而对于自然,起初是不懂得理会;渐渐懂得了,又只是观山玩水,写入诗只当背景用。③ 看自然作神,作朋友,郭氏诗是第一回。至于动的和反抗的精神,在静的忍耐的文明里,不用说,更是没有过的。不过这些也都是外国影响。——有人说浪漫主义与感伤主义是创造社的特色,郭氏的诗正是一个代表。

二

十五年四月一日,北京《晨报·诗镌》出世。这是闻一多、徐志摩、朱湘、饶孟侃、刘梦苇、于赓虞诸氏主办的。他们要"创格",要发见"新格式与新音节"。④ 闻一多氏的理论最为详明,他主张"节的匀称","句的均齐",主张"音尺",重音,韵脚。⑤ 他说诗该具有音乐的美,绘画的美,建筑的美;音乐的美指音节,绘画的美指词藻,建筑的美指章句。他们真研究,真试验;每周有诗会,或讨论,或诵读。梁实秋氏说"这是第一次一伙人聚集起来诚心诚意的试验作新诗"。⑥ 虽然只出了十一号,留下的影响却很大——那

---

① 以上分见《三叶集》四五,一三三,一七,六,七各面。
② 《创造周报》四号。
③ 十一年五月及六月《晨报副刊》。
④ 《诗刊弁言》。
⑤ 《诗镌》七号,又《诗刊》创刊号梁实秋文。音尺即节,二字的为二音尺,三字的为三音尺。闻主张每诗各行音尺数目,应求一律。
⑥ 《诗刊》创刊号。

时候大家都做格律诗;有些从前极不顾形式的,也上起规矩来了。"方块诗""豆腐干块"等等名字,可看出这时期的风气。

新诗形式运动的观念,刘半农氏早就有。他那时主张(一)"破坏旧韵,重造新韵",(二)"增多诗体"。"增多诗体"又分自造,输入他种诗体,有韵诗外别增无韵诗三项,后来的局势恰如他所想。"重造新韵"主张以北平音为标准,由长于北平语者造一新谱。① 后来也有赵元任氏作了《国音新诗韵》。出版时是十二年十一月,正赶上新诗就要中衰的时候,又书中举例,与其说是诗,不如说是幽默;所以没有引起多少注意。但分韵颇妥帖,论轻音字也好,应用起来倒很方便的。

第一个有意实验种种体制,想创新格律的,是陆志韦氏。他的《渡河》问世在十二年七月。他相信长短句是最能表情的做诗的利器;他主张舍平仄而采抑扬,主张"有节奏的自由诗"和"无韵体"。那时《国音新诗韵》还没出,他根据王璞氏的《京音字汇》,将北平音并为二十三韵。② 这种努力其实值得钦敬,他的诗也别有一种清淡风味;但也许时候不好吧,却被人忽略过去。

《诗镌》里闻一多氏影响最大。徐志摩氏虽在努力于"体制的输入与试验",却只顾了自家,没有想到用理论来领导别人。闻氏才是"最有兴味探讨诗的理论和艺术的";③徐氏说他们几个写诗的朋友多少都受到《死水》作者的影响。④《死水》前还有《红烛》,讲究用比喻,又喜欢用别的新诗人用不到的中国典故,最为繁丽,真教人有艺术至上之感。《死水》转向幽玄,更为严谨;他作诗有点像李贺的雕镂而出,是靠理智的控制比情感的驱遣多些。但他的诗不失其为情诗。另一面他又是个爱国诗人,而且几乎可以说

---

① 《新青年》三卷三号。
② 以上均见《渡河》自序。
③④ 均见《猛虎集》序文。

是唯一的爱国诗人。

但作为诗人论,徐氏更为世所知。他没有闻氏那样精密,但也没有他那样冷静。他是跳着溅着不舍昼夜的一道生命水。他尝试的体制最多,也译诗;最讲究用比喻——他让你觉着世上一切都是活泼的,鲜明的。陈西滢氏评他的诗,所谓不是平常的欧化,按说就是这个。又说他的诗的音调多近羯鼓铙钹,很少提琴洞箫等抑扬缠绵的风趣,[1]那正是他老在跳着溅着的缘故。他的情诗,为爱情而咏爱情:不一定是实生活的表现,只是想象着自己保举自己作情人,如西方诗家一样。[2] 但这完全是新东西,历史的根基太浅,成就自然不大——一般读者看起来也不容易顺眼。闻氏作情诗,态度也相同;他们都深受英国影响,不但在试验英国诗体,艺术上也大半模仿近代英国诗。[3] 梁实秋氏说他们要试验的是用中文来创造外国诗的格律,装进外国式的诗意。[4] 这也许不是他们的本心,他们要创造中国的新诗,但不知不觉写成西洋诗了。[5] 这种情形直到现在,似乎还免不了。他也写人道主义的诗。

留法的李金发氏又是一支异军;他民九就作诗,但《微雨》出版已经是十四年十一月。"导言"里说不顾全诗的体裁,"苟能表现一切";他要表现的是"对于生命欲揶揄的神秘及悲哀的美丽"。[6] 讲究用比喻,有"诗怪"之称;[7]但不将那些比喻放在明白的间架里。他的诗没有寻常的章法,一部分一部分可以懂,合起来却没有意思。他要表现的不是意思而是感觉或情感;仿佛大大小

---

[1] 《西滢闲话》三四二至三四三面。
[2] Harold Acton, "Contemporary Chinese Poetry", *Poetry*, VoL. XLVI, No. 1.
[3][4] 《诗刊》创刊号。
[5] 十四年十二月十二日《晨报副刊》刘梦苇文。
[6][7] 《美育杂志》二期黄参岛文。

小红红绿绿一串珠子,他却藏起那串儿,你得自己穿着瞧。这就是法国象征诗人的手法;李氏是第一个人介绍它到中国诗里。许多人抱怨看不懂,许多人却在模仿着。他的诗不缺乏想象力,但不知是创造新语言的心太切,还是母舌太生疏,句法过分欧化,教人像读着翻译;又夹杂着些文言里的叹词语助词,更加不像——虽然也可说是自由诗体制。他也译了许多诗。

后期创造社三个诗人,也是倾向于法国象征派的。但王独清氏所作,还是拜伦式的雨果式的为多;就是他自认为仿象征派的诗,也似乎豪胜于幽,显胜于晦。穆木天氏托情于幽微远渺之中,音节也颇求整齐,却不致力于表现色彩感。冯乃超氏利用铿锵的音节,得到催眠一般的力量,歌咏的是颓废,阴影,梦幻,仙乡。他诗中的色彩感是丰富的。

戴望舒氏也取法象征派。他译过这一派的诗。他也注重整齐的音节,但不是铿锵的而是轻清的;也找一点朦胧的气氛,但让人可以看得懂;也有颜色,但不像冯乃超氏那样浓。他是要把捉那幽微的精妙的去处。姚蓬子氏也属于这一派;他却用自由诗体制。在感觉的敏锐和情调的朦胧上,他有时超过别的几个人。——从李金发氏到此,写的多一半是情诗。他们和《诗镌》诸作者相同的是,都讲究用比喻,几乎当作诗的艺术的全部;不同的是,不再歌咏人道主义了。

若要强立名目,这十年来的诗坛就不妨分为三派:自由诗派,格律诗派,象征诗派。

二十四年八月十一日,写毕于北平清华园。

《中国新文学大系(1927—1937)·诗集》序(摘编)

艾青

一

二十年代末期、三十年代初期,中国诗坛上出现两个主要的流派:"新月派"和"象征派"。

一九二六年四月一日,北京晨报《诗镌》出世。这是闻一多、徐志摩、朱湘、饶孟侃、刘梦苇、于赓虞等人主办的;然而作为《新月》月刊却在一九二八年三月才创办。

"新月派"的主将是闻一多。他从五四运动前后即开始写诗,初期的诗《秋色》、《红豆》、《烂果》、《红烛》、《收回》等,采用自由体;不久却成了格律诗的狂热的提倡者,艺术上的唯美主义者,写了《也许》、《死水》、《静夜》、《一句话》、《飞毛腿》等诗,正如他自嘲的,是"戴着脚镣跳舞"了。

一九二八年一月,闻一多的《死水》出版。如果说,《死水》,是他痛苦的绝望的诅咒;那么,他的《洗衣歌》,则是愤怒的抗议。这两首诗,表现手法虽然不同,却都是出于他爱国的一片挚诚。

"新月派"的另一个主将是徐志摩,写了不少爱情诗,如《落叶小唱》、《翡冷翠的一夜》、《起造一座桥》、《我等候你》……

他的写作生涯却只有十年。在一九三一年十一月,从南京到北平的路上因飞机失事而死亡。

"新月派"的另一个成员是朱湘,这是一个充满凄苦与忧愤的诗人,对人生怀有深刻的悲观。他的诗意境优美,音调叮咚,像一串透剔玲珑的珍珠。

和"新月派"比较接近的有《汉园集》的三个诗人：

李广田,与朋友组织书报介绍社,因介绍鲁迅、郭沫若及苏联作家而被捕,北伐军来时才释放。一九三〇年前后开始发表诗和散文。

卞之琳于一九二九年考入北京大学英文系,对英国浪漫派和法国象征派的诗发生较大兴趣。

一九三〇年开始写诗。他的诗抒发了对丑恶现实的不满而又看不见出路的苦闷,多表现忧郁的感情和哲理,诗风奇特。

何其芳于一九二九年开始发表作品,一九三一年至一九三五年在北京大学哲学系学习。早期的作品表现了对旧社会的不满与对美好生活的憧憬。

新诗的另一个流派是"象征派"。

象征是文学创作的一种手法。所谓"象征派",发源于上个世纪法国的波德莱尔,被留学法国的李金发引进到中国。他的很多诗是旅居法国时写的,比法国人写的更难懂。他在白话里掺杂了中国文言,又采用自由体,造句奇特,不能让人理解。然而,有人仅仅因为难懂而喜欢它。

除李金发外,还有一些人受"象征派"的影响,如穆木天、冯乃超、王独清等都是"创造社"的成员。王独清的诗不像是"象征派",倒像浪漫派的诗。其他两人的诗,虽然受"象征派"的影响,也不像李金发的难懂。

诗人废名,介乎"新月派"与"象征派"之间,或许加上"道家"思想,写的东西像画符咒似的。

所谓"象征派",既没有一个刊物作为中心,也没有任何组织形式,只是被人们称呼的一个派别。

"新月派"与"象征派"之后出现"现代派"。所谓"现代派",它只是以一九三二年创刊的《现代》杂志而流行的一个称呼。在这个杂志上发表诗文的人很复杂,有的原来属于"新月派",也有左翼作家和诗人。

作为"现代派"的中心人物是戴望舒。他的诗,既有中国旧诗词的影响,也有法国象征派诗的影响。他也不是专写"象征派"的诗。例如他写的《村姑》,是一首非常纯朴的爱情诗,有很浓的田园风味,却没有一点"象征派"的气味。

他的有些诗,喜欢采用日常口语,不押韵,比同一时期的诗人所写的都明快。

二

一九二七年四月十二日,是中国大革命转折点。革命从高潮突然变成低潮,从上海开始进行大屠杀,各地陷入白色恐怖中。

一九二七年到一九三七年,这十年是帝国主义和国民党联合统治的十年,是中国人民灾难深重的十年,也是中国人民大声疾呼,反对压迫、反对饥饿的十年,是中国人民唱着《松花江上》,唱着《义勇军进行曲》前进的岁月。

中国正处在"山雨欲来风满楼"的情况下,是国民党实行文化"围剿"的十年。

国民党为了配合军事"围剿",对革命的、进步的文艺、文化界实行残酷的文化"围剿"。对许多进步的文化界人士,包括诗人、作家、剧作家、音乐家盯梢、暗杀、逮捕、监禁。

一九二七年大革命失败后,诗人殷夫是英勇的典范。

他是首先作为战士而后作为诗人的。

他在《血字》里说:

> 我是一个叛乱的开始,
> 我也是历史的长子,
> 我是海燕,

> 我是时代的尖刺。

一九三〇年，他写了《囚窗》、《前进吧，中国！》、《奴才的悲泪》、《五一歌》、《巴尔底山的检阅》、《我们是青年的布尔塞维克》等最明显地向旧世界宣战的檄文。

这是一个才华出众的诗人，开始写诗是在一九二四年，到他牺牲的短短的五六年时间，写了将近一百多首诗，这些诗，在他生活的时代，都是不同凡响的。

一九三一年二月七日深夜，他被国民党秘密杀害于上海龙华警备司令部的荒野里。

鲁迅在一九三六年三月十一日夜间写了关于殷夫的诗集《孩儿塔》序说：

> 这《孩儿塔》的出世并非要和现在一般的诗人争一日之长，是有别一种意义在。这是东方的微光，是林中的响箭，是冬末的萌芽，是进军的第一步，是对于前驱者的爱的大纛，也是对于摧残者的憎的丰碑。一切所谓圆熟简练，静穆幽远之作，都无须来作比方，因为这诗属于别一世界。

在这期间，写诗比较多，质量比较高的有臧克家。他毕业于青岛大学中国文学系，是闻一多的学生。也得到过王统照的帮助。

他的第一本诗集《烙印》出版于一九三四年。诗集出版后，得到评论家们的推崇。

臧克家作诗的态度一向很严肃。在形式格律方面，曾经受"新月派"的影响，但是题材上则倾向于写实。他的诗里没有爱情，也没有闲情；他认为当时的中国"需要一种沉重音节和博大调子的诗"。

他的《烙印》一出版，就受到注意。闻一多曾推许《生活》一诗"顶真的生活的意义"。茅盾说："他不肯粉饰现实，也不肯逃避现实……他只是用明快而劲爽的口语来写作,也不用拗口的美丽的字眼。""运用譬喻,以暗示代替说明。"

作为一个诗人,臧克家不属于任何派别。他的诗是植根于中国的泥土里的。

他的著名诗作《老马》:

> 总得叫大车装个够,
> 他横竖不说一句话,
> 背上的压力往肉里扣,
> 他把头沉重地垂下!
>
> 这刻不知道下刻的命,
> 他有泪只往心里咽,
> 眼里飘来一道鞭影,
> 他抬起头望望前面。

这是用老马来刻划中国农民的苦难。

艾青原是一个美术青年,在法国巴黎度过了"物质上贫困、精神上自由"的三年。

一九三二年初回国,同年五月加入中国左翼美术家联盟,七月被捕,丢掉了画笔,捡起了写诗的笔,在狱中三年多,写了不少诗。

一九三六年他出版了第一个诗集《大堰河》,里面收了狱中所写的一部分诗。

评论家认为艾青的诗,"多用铺陈的手法,巨幅地呈现某种场景或情感。他较多的是用自由体,来表达沉雄浑朴的感受。他的诗,往往给人一种厚重的油画感"。

他以写于一九三三年初的《大堰河——我的保姆》而引起注

意。"他以满腔的挚情追怀他的保姆,满蕴着对于苦难的中国的爱心。""他的诗有深厚的生活气息,而不流于概念与口号:他所写的愁苦,是整个民族的愁苦,浑朴苍莽。他的手法虽然受法国诗的影响,但所产生的效果却有浓厚的中国气息。那是生活与历史与美的结合。""也许由于时代和国家民众的灾难太深重了,反映在诗人的诗中,总带有一种浓重深沉的悲哀。"

当时比较出名的有田间,他十七岁左右到上海开始写诗,一九三五年,还不到二十岁,已出版了诗集《未明集》。这时候,他的短行诗体还未显著,每行十五字以上的长句,已显示出雄健的风格。

一九三六年五月,他回故乡,深感农民的生活艰苦,写了《中国农村的故事》。

另外有诗集《海》、《中国牧歌》,都以强烈的生活气息和独特的风格,给人以新鲜的感觉。人们认为他的节调受苏联诗人马雅可夫斯基的影响。

田间的诗,反映了那个时代的青年战斗的情绪和呼声。

田间的诗,以一股青春的朝气、一股刚健的力,与理想主义的热情,写出中国战斗的一代的生活面。

三

伟大的诗人,永远是他所生活的时代的忠实的代言人;最高的艺术品,永远是产生它的时代的思想、感情、风尚、趣味等等之最忠实的记录。

最理想的诗,是通过最浅显的语言表现深厚的、博大的思想感情的诗。

一九八四年十月十六日,北京

《中国新文学大系(1937—1949)·诗卷》序

臧克家

一九三七至一九四九,是伟大的十二年,也是充满了矛盾斗争、有划时代意义的十二年!它,关系着民族的存亡,国运的盛衰,也对诗歌的动向与发展,起着导引与促进的重要作用。

这十二年,又分为截然不同的时期。前期,是中国人民抗击日本帝国主义侵略,终于获得胜利的八年;后期,是在中国共产党领导下进行轰轰烈烈的解放战争,国统区人民在国民党反动统治之下,争取和平,争取民主,争取解放的斗争浪潮汹涌澎湃的四年。

抗战[①]前期,全国诗人,在民族解放的旗帜下,团结奋战,以笔作枪,精神乐观,斗志昂扬,诗情如潮,诗篇似海,街头诗、朗诵诗、抒情诗、叙事诗……各呈异彩。

抗战后期和解放战争时期,由于诗人们所在地区不同,情况因之迥异。身在解放区的诗人,在毛泽东同志《在延安文艺座谈会上的讲话》的指引下,以欢腾的心情、高昂的斗志,写下了许多歌颂解放区人民为民族解放、为革命光辉前程而英勇奋斗的充满革命乐观主义精神的新的篇章。而在国统区的诗人们,鉴于抗战胜利前后,国民党实行法西斯专政,发动内战,倒行逆施,形势险恶,情绪由高昂而变为沉郁。他们的满腔悲愤,以讽刺诗为突破口喷薄而出,如闪电,如惊雷,如匕首,如迫击炮,一齐向着黑暗的黑心轰击!

不同的时期,不同的诗人们的情绪,就产生了情调不同的诗。

---

① 本文所说的"抗战",指"七七事变"后开始的全面抗战。——编者注。

一

　　三十年代中期就以《大堰河》闻名于世的艾青,抗战时期获得了更大的成就。"七七事变"后,诗人满怀热情地寻求着光明,行踪遍及半个中国,扩大了视野,把握到时代的脉搏。抗战前期,他向祖国和人民奉献出了《北方》、《他死在第二次》、《向太阳》、《旷野》、《火把》等诗集和长诗。《北方》收入了诗人抗战初期的重要短诗,它记叙着战争给中国人民带来的痛苦和不幸,表现中华民族奋起抗争的热情和信心;有时略带悲怆的诗句,正是作者感情深沉、热切的表露。作于一九三八年四月的《向太阳》,是诗人的第一部长诗,它"以最高的热度赞美着光明,赞美着民主"①,反映出抗战初期的热烈气氛。诗集《他死在第二次》中的《吹号者》,"以最真挚的歌献给了战斗,献给牺牲"②。长诗形象地描绘了吹号者对号角的热爱和对黎明的向往。这首诗,犹如飞着"血丝"的号角那样悲壮和庄严,作者在凝练的诗句中灌注着自己深沉的爱。长诗《火把》,歌颂了"群众的行动所发挥出来的集体的力量,群众本身所赋有的民主的精神"③。诗篇接触到了小资产阶级知识分子克服个人主义情调,转向伟大的革命集体主义的重大问题。《火把》是诗人的丰满热情与美丽理想开出的艺术花朵。

　　"皖南事变"后,艾青奔赴延安,在毛泽东文艺思想的指引下,生活和创作进入到新的境界,洗刷了早期作品中的忧郁感。《黎明的通知》、《反法西斯》、《雪里钻》、《献给乡村的诗》等诗集,描绘了解放区的崭新生活,为工农兵而歌唱。诗人还站在雄伟的宝塔下,向"远方的沉浸在苦难里的城市和村庄",发出了"黎明

---

①② 艾青:《为了胜利》。——作者原注,本文后列注文均为作者原注。
③　艾青:《关于〈火把〉》。

的通知"。

艾青的诗,较好地做到了革命的思想内容与完美的艺术形式的统一。"他擅长以散文式的诗句自由地抒写";"他的诗歌富于丰满的形象与诗意";"具有内在的旋律与整齐和谐的节奏"。"艾青的诗,标志着'五四'以后自由诗体发展的一个重要阶段,又给以后的新诗创作带来了很大影响。"①

田间,一九三八年就到了延安,他也是这时期很有影响的诗人,被闻一多誉为"时代的鼓手"。他的《给战斗者》、《她也要杀人》等诗集,表现了中国人民强烈的爱国主义精神、宁死不屈的战斗意志和对于侵略者复仇的坚强决心。《给战斗者》是他的代表作。作者曾说这诗是一个"召唤","召唤祖国和我自己,伴着民族的号角,一同行进"。② 闻一多称赞田间的街头诗具有一种积极的"生活欲","鼓舞你爱,鼓动你恨,鼓励你活着,用最高限度的热与力活着,在这大地上"。③ 街头诗《假使我们不去打仗》就是一首代表作。长诗《她也要杀人》④,描写一位中国北方农村妇女的悲苦命运。诗中的"她",就是中国人民的化身。诗人在被压迫的劳动人民身上,寄托着民族复兴的希望。这时期田间的诗,短促的、鼓点似的节奏,有力地配合了战斗的内容,一个个短行,犹如电光闪闪的战斗火花,给人以冲击和力量。

抗战后期和解放战争时期,田间创作的《抗战诗抄》、长诗《戎冠秀》、《赶车传》(第一部),在创作风格上有了新的探索。《抗战诗抄》中的"小叙事诗",诗句凝练,描绘的场景和形象,颇精彩动人。《赶车传》采用民歌表现手法,描写贫农石不烂翻身的故事,

---

① 唐弢、严家炎主编:《中国现代文学史》(三)。
② 田间:《写在〈给战斗者〉的末页》。
③ 闻一多:《时代的鼓手——读田间的诗》。
④ 后改名为《她的歌》,收在《给战斗者》集中。

富有传奇色彩。

田间是"新时代的擂鼓者,新世界的战斗者,新诗歌艺术的探索者","在我国新诗的发展上有着不可轻视的艺术革新(或曰创新)的特殊意义"。①

诗坛老将郭沫若,抗战一开始,就"别妇抛雏"离日回国。他高吟着"四万万人齐蹈厉,同心同德一戎衣"投入战斗,主要是从事文化领导工作。抗战初期,他创作的诗集《战声》,充分表现了他的抗日救亡热情。诗中所表达的昂扬斗志和热烈情绪,与《女神》一脉相通。抗战进入相持阶段后,国民党反动派反动腐朽的面目日益暴露,他的诗作也从歌颂、号召,转而为揭露、批判。收入《蜩螗集》的部分诗歌,抒写了这种情绪,如《罪恶的金字塔》、《进步赞》、《挽四八烈士歌》等篇。

老诗人柯仲平到延安较早。一九三八年创作的《边区自卫军》和《平汉路铁路工人破坏大队》(第一章)两首叙事长诗,歌颂了工农的英勇斗争,在表现形式上,吸收了民间歌谣的长处,是他的代表作。他写的短诗如《告同志》等,在当时有相当大的影响。

何其芳,《汉园集》作者之一,一九三八年奔赴延安。行前,他写了《成都,让我把你摇醒》。这首诗,不仅呼唤昏睡的现实,也反映他自己的惊醒。到延安后,他"投身于神圣的民族民主革命斗争,开始从艺术的'象牙之塔'中走了出来。……他的思想与诗风都为之一变"②。这时期他创作的《夜歌》、《我为少男少女们歌唱》、《生活是多么广阔》等诗,收在《夜歌》③诗集里。这些诗,表现了他的"旧我"与"新我"的矛盾斗争,有的歌唱革命、青春和新的生活,也有的歌唱革命给自己带来的变化。

---

① 贺敬之:《〈田间诗文集〉前言》。
② 周扬:《〈何其芳文集〉序》。
③ 重印时,更名为《夜歌和白天的歌》。

《汉园集》的另一作者卞之琳,一九三八至一九三九年留延安期间,曾去太行山区抗日民主根据地访问。此行,使他产生了新的创作——《慰劳信集》。诗集中的二十首诗,歌颂了抗日战士和群众,情绪乐观;艺术上也较以前朴素、平易。

"现代派"诗人戴望舒,经过抗战的洗礼,走出了"雨巷"。一九三九年,写了为祖国人民的自由解放而祝福的《元旦祝福》一诗。一九四一年香港沦陷,被日寇逮捕,在狱中写下了一些光辉的诗篇。有的表现了他坚贞不渝的民族气节,如《狱中题壁》;有的反映了他对中国共产党领导的抗日民主根据地的向往,如《我用残损的手掌》。艺术风格也随之变得明朗刚健、朴素自然。

老作家王统照,是以写小说闻名于世的,他也是诗人。一九三七至一九三八年,他创作了许多诗篇,集为《横吹集》、《江南曲》。其中《上海战歌》三首,格调悲壮,气势宏伟。《五月夜的星星》、《展一片绿野铺入青徐》等抒情诗,充满了浓郁的爱国主义深情。

二十年代就闻名于诗坛的冯至,在这时期也重执诗笔,写下了他的代表作《十四行集》,采用他所熟习的西方十四行诗形式,却"并没有严格遵守这种诗体的传统格律","利用十四行结构上的特点保持语调的自然"。[①] 诗写得很圆熟,在移植外来诗体方面,取得了相当成功的尝试。

"湖畔"诗人冯雪峰,抗战前长期从事左翼文化战线的领导工作。一九四一年二月被国民党反动派逮捕,他在监狱里坚持斗争,以比较曲折的表达方式,用诗抒写了一个革命者战斗的、不屈的灵魂。这些诗篇,集为《真实之歌》和《灵山歌》,给读者以鼓舞和力量。

光未然(张光年),以写歌词和朗诵诗闻名。抗战前夕,就发

---

① 冯至:《诗文自选琐记》。

表了歌颂抗日志士、反对卖国投降的歌词《五月的鲜花》。一九三九年三月在延安创作了组诗《黄河大合唱》。这组气势磅礴、雄健浑厚的英雄诗篇,经著名作曲家冼星海谱曲,相得益彰。"音节的雄壮而多变化,使原有富于情感的辞句,就像风暴中的浪潮一样,震撼人的心魄。"[①]一九四〇年他在重庆创作的长篇叙事诗《屈原》,亦有相当影响。

高兰,有"朗诵诗人"之称。抗战初期,出版有《高兰朗诵诗集》,其中《我们的祭礼》、《我的家在黑龙江》、《哭亡女苏菲》等诗篇,取得相当好的朗诵效果。《哭亡女苏菲》是他的名作,感情真挚、悲痛,感人至深。

力扬,在这时期出版了《我的竖琴》及长篇叙事诗《射虎者及其家族》。《射虎者及其家族》以悲愤的激情、朴素有力的诗句,谱写出了旧中国农村中射虎者一族的"悲歌",及其子孙们"那永远的仇恨"。这种仇恨是属于整个被压迫阶级的。这首长诗具有很大的现实意义。

当时活跃在大后方的,还有原中国诗歌会的诗人和其他诗人,如王亚平、穆木天、蒲风、任钧、柳倩、臧云远、方殷、方敬、吕剑、徐迟等。其中王亚平出版了《红蔷薇》、《生活的谣曲》、《火雾》等五部诗集。他的《血的斗笠》、《塑像》等诗篇,表现了抗日战士的英勇,抒发了作者炽热的爱国激情。

由文学理论家、诗人胡风主编的,先后于一九三七、一九四五年创刊的《七月》、《希望》文学杂志及《七月诗丛》,拥有一批诗作者,他们在诗歌创作上取得了令人注目的成就。主要作者除艾青、田间外,还有鲁藜、绿原、邹荻帆、冀汸、亦门(S. M.、阿垅)、孙钿、天蓝、曾卓、庄涌、彭燕郊、牛汉、化铁、艾漠(贺敬之)等。他们当

---

① 郭沫若:《序〈黄河大合唱〉》。

时有的去了延安,有的奔赴前线,有的留在后方。他们的作品从不同方面表现了民族解放和人民革命的斗争,发扬了诗的现实主义传统,肯定和继承了自由诗体的形式,又注意"主客观的高度一致,包括政治和艺术的高度一致"①,形成了一个在中国现代文学史上有影响的流派——"七月诗派"。他们的诗作,有些由胡风主编,选入《七月诗丛》,其中有胡风的《为祖国而歌》、亦门的《无弦琴》、冀汸的《跃动的夜》、庄涌的《突围令》、孙钿的《旗》等等。各人还出版有数量不等的诗集。

鲁藜的诗集有《醒来的时候》、《锻炼》、《星的歌》。他的诗,青春气息很浓。代表作《泥土》,颂扬了乐于奉献的集体主义精神;《红的雪花》,充满革命的乐观主义。

绿原的诗集有《童话》、《又是一个起点》、《集合》等。《童话》中的诗,浪漫主义气息较重;后两部诗集里的作品,冷峻、坚毅,敢于直面人生。

邹荻帆出版有《木厂》、《青空与林》、《意志的赌徒》、《雪与村庄》、《跨过》和政治讽刺诗《恶梦备忘录》等多部诗集。

三十年代初期以《烙印》、《罪恶的黑手》等诗集引起诗坛注目的臧克家,抗战一开始,就引吭高歌,奔赴前方达五年之久。在戎马倥偬中,写下了《从军行》、《淮上吟》、《古树的花朵》等长短诗集六部。诗篇热烈地歌颂了神圣的民族解放战争,充满了胜利的希望和信心。《伟大的交响》、《血的春天》、《兵车向前方开》等诗篇,洋溢着乐观情绪和战斗激情。抗战进入相持阶段,现实使他把笔锋转向他所熟悉的农村,创作了与《烙印》一脉相承的《泥土的歌》,其中《三代》、《春鸟》是代表作。在《春鸟》一诗中,作者通过诗人与春鸟的反差对比,揭露了黑暗现实,抒发了诗人向往自由、

---

① 绿原:《〈白色花〉序》。

渴求真理的心情。

一九四二年秋,诗人从前方到了山城重庆。抗战胜利前后,他看到国民党反动派不顾人民的死活,依仗美帝发动内战,便以愤怒的、火样的激情,把笔尖"刺向黑暗的'黑心'",写下了《胜利风》、《宝贝儿》、《枪筒子还在发烧》、《谢谢了"国大代表"们!》、《"警员"向老百姓说》、《生命的零度》等大量政治讽刺诗,收在《宝贝儿》、《生命的零度》两个集子里。他在《枪筒子还在发烧》一诗的最后两节中写道:"大破坏,还嫌破坏得不够彻底?/大离散,还嫌离散得不够惨?/枪筒子还在发烧,/你们又接上了火!/和平、幸福、希望,/什么都完结,/人人不要它,它却来了——/内战!"臧克家的讽刺诗,大部分是对国民党的揭露、控诉、斥责。评论家张光年说:"这些诗表达了一个革命诗人的正气和大无畏精神,并且满怀信心地迎接'一个奇怪的变'。"①

由于臧克家深受古典诗歌的影响,在诗的风格上,早期作品严谨、含蓄、精练。这时期,诗人视野开阔了,诗风也变得奔放流畅;为了发挥政治讽刺诗的社会效益,诗的语言就更加朴素、自然了。

袁水拍,是解放战争时期很有影响的诗人。抗战前期,他出版了抒情诗集《人民》、《向日葵》、《冬天,冬天》。其中《寄给顿河上的向日葵》颇有名,诗人从对苏联人民的歌颂中,寄托了他对祖国的热爱与期望。抗战后期开始,诗人面对黑暗现实,善于从政治上把市民阶层里某些司空见惯的社会生活现象,用漫画式的手法和讽刺语言予以鞭挞,寓讽刺于叙事之中;并汲取民歌、民谣、儿歌中的艺术经验,采用为群众喜闻乐见的五言、七言等诗歌形式,用马凡陀的笔名,写了大量政治讽刺诗,集成《马凡陀的山歌》及其"续集",影响很大。其中《主人要辞职》、《一只猫》、《发票贴在印花

---

① 张光年:《〈欢呼集〉序》。

上》、《这个世界倒了颠》等讽刺诗,把国民党反动派的倒行逆施和依靠美帝发动内战的丑恶面目,揭露得淋漓尽致。"马凡陀山歌不是停留在社会生活现象的描绘上,而是透过现象努力挖掘它的本质,引导读者认清造成这些现象的根源"①,"激发了读者的不满、反抗与追求新的前途的情绪"②。在上海,我亲眼看到"反内战、反饥饿、反迫害"的游行队伍高唱着《山歌》奋勇前进。《山歌》对当时的民主运动起了一定的促进作用。《山歌》政治性很强,但不是标语口号式的,由于作者的努力创新,它在新诗的民族化、群众化方面,也取得了好效果。这期间,袁水拍还出版了抒情诗集《在沸腾的岁月里》。

四十年代后期,有一批中青年诗人在上海诗歌刊物上发表诗作,他们是:辛笛、陈敬容、杜运燮、杭约赫(曹辛之)、郑敏、唐祈、唐湜、袁可嘉、穆旦等。他们忧时愤世,向往光明,采用欧美现代派的写作技巧,写出了一些有现实意义和斗争精神的作品,如辛笛的《布谷》、陈敬容的《力的前奏》、杭约赫的《最后的演出》等诗篇。陈敬容的《力的前奏》,预感到了革命风暴的必然来临。女诗人从自然界的律动,领悟到阶级斗争的风雷。他们之中个别人的诗,比较晦涩,使作品的社会效果受到影响。

当时常在上海或全国报刊发表诗作的,还有苏金伞、沙鸥、青勃、田地、康定、鸥外鸥、韩北屏等;内蒙古的纳·赛音朝克图,在香港的黄宁婴,也写了不少诗。这些诗人,各自有个人的风格,像诗的天空中一颗颗闪光的星星。

解放区的诗人们,在中国共产党的领导下,经过延安文艺整风,学习马克思主义文艺理论和毛泽东同志《在延安文艺座谈会

---

① 唐弢、严家炎主编:《中国现代文学史》(三)。
② 茅盾:《在反动派压迫下斗争和发展的革命文艺》。

上的讲话》,亲身参加群众变革现实的火热斗争,使思想感情和文艺观起了根本的变化,作品面貌为之一新。从李季的《王贵与李香香》、阮章竞的《漳河水》、张志民的《王九诉苦》等等作品里,可以闻到扑鼻的芳香,它们像早晨阳光下闪耀的露珠,像新春园圃里初放的花朵。

李季的叙事长诗《王贵与李香香》,作于一九四五年年底。在此之前,他是一个业余文艺爱好者,在三边收集民歌近三千首。《王贵与李香香》是延安文艺座谈会后涌现的优秀作品。它真实地反映了贫苦农民的翻身解放与革命斗争胜利的血肉关系,热情地歌颂了王贵和李香香忠于革命的精神以及他们纯朴的爱情。近千行的长诗,全部采用陕北民歌"信天游"的形式,灵活运用比兴手法,写景抒情,塑造人物,节奏明快流畅,增强了诗的形象性和音乐性,使革命的思想内容和民族形式达到较好的统一。在诗歌的民族化、群众化方面,开辟了新的途径。一九四六年九月,诗作一发表,就吸引了读者。陆定一当时就写文认为,《王贵与李香香》从内容到形式都"出来了新的一套","表示了新民主主义文艺运动对于封建的、买办的、反动的文艺运动的胜利"。郭沫若为《王贵与李香香》作序,称赞它是从"人民翻身"到"文艺翻身"的"响亮的信号"。

阮章竞一九四七年创作长篇叙事诗《圈套》后,又于一九四九年完成了有名的《漳河水》。这是继《王贵与李香香》之后,用民歌形式写成的又一部优秀的长篇叙事诗,是一部妇女解放的颂歌。长诗把争取妇女解放的斗争和社会习俗、思想意识的转变与政治经济变革的关系紧密相连在一起,塑造出三个栩栩如生的妇女形象。作者把流传在漳河两岸的谣曲加以改造,并吸取人民群众的鲜活语言,写出了这部朴实与华美、明丽与清新、刚健与柔婉相统一的优秀作品。

张志民作于一九四七年的《王九诉苦》以及《死不着》等叙事长诗,反映贫苦农民在地主阶级压迫下的悲惨生活,歌颂他们在土地改革运动中得到了翻身解放。《王九诉苦》这首长诗,朴实流畅,不枝不蔓,用粗线条勾勒出主要人物的性格特征,一发表,就受到热烈的称赞。

当年,活跃在延安、各抗日根据地和解放区的诗人,还有贺敬之、严辰、李冰、魏巍、邵子南、曼晴、方冰等。其中战斗在晋察冀抗日根据地的青年诗人陈辉是很有才华的,可惜一九四四年在反"扫荡"斗争中壮烈牺牲了,年仅二十四岁。他在革命斗争中成长,用满腔热情去歌唱革命战争。由田间整理出版的《十月的歌》,只是他的一部分遗诗。他的诗刚健朴实,瑰丽浑厚,诗风粗犷、激越、清新、自然,充满战斗气息。其中歌颂晋察冀的《献诗——为伊甸园而歌》及《为祖国而歌》两首,尤为感人。

延安文艺座谈会后,工农兵群众的诗歌创作蓬勃发展,数量丰富,形式多样。农民李有源的《移民歌》(后经文艺工作者加工整理,成为著名的《东方红》)、战士毕革飞的快板诗《"运输队长"蒋介石》,影响最大。

二

与前两个十年相比,这十二年来的诗歌创作是有着明显的特点的:

1. 时代的主旋律更加突出、响亮。

时代的主旋律,凝聚着这一时代的重大斗争,反映着绝大多数群众的向往与精神面貌,是文学作品的生命力所在。这时期的抗日战争和解放战争,自然成为诗人们写作的主题,诗歌在斗争中起了冲锋号的作用,以它突出而响亮的主旋律,鲜明而光荣地写在中国新诗史上。这,成为它与"五四"时代、三十年代初期诗歌创作不同的主要标志。"五四"时期的文学,总的目标是反帝反封建,但当时提出的"为人生而艺术"和"为艺术而艺术"的创作口号,却在一定程度上反映了当时作家写作目的的朦胧性和不自觉性。二十年代末、三十年代初的左翼诗人,提出了无产阶级革命文学的口号,创作红色鼓动诗,存在着某种程度的超前性,和我国当时的国情不尽洽和。而这一时期诗歌创作的主流,在内容上突出了时代的主要矛盾,诗人与时代靠近,与人民贴心,他们反映时代主旋律的诗作,将在中国新诗史上永放光芒。当然,社会生活本身是丰富多彩的,各个诗人的文艺观和经历不同,因此,围绕时代主旋律的诗歌创作,也是千姿百态的。

2. 对新诗品种、诗体的开拓和探索。

这时期的诗歌不仅主旋律突出,而且品种、诗体多样。抗战初期,街头诗、朗诵诗风行。诗人们响应中华全国文艺界抗敌协会的"文章下乡、文章入伍"的号召,深入农村、部队,进行抗日救亡宣传。诗人写的标语就是街头诗,如"田地不能挑起逃,要和鬼子干一遭"。当时,田间是街头诗的积极倡导者,他自己就写了不少风行一时的街头诗。为了让诗歌面向群众,收到更好的宣传效果,朗诵诗应运而生。战前,中国诗歌会曾提倡过朗诵诗和诗歌朗诵运动,但较多地限于理论上的探讨。抗战初期,冯乃超在武汉穆木天、锡金创办的《时调》创刊号上发表《宣言》:"让诗歌的触手伸到街头,伸到穷乡……让我们用活的语言作民族解放的歌唱。"高兰、光未然都写过质量较高的朗诵诗,他们和徐迟是诗歌朗诵运动的积极推行者。诗歌朗诵运动首先在武汉兴起,继而推及到延安、重庆、桂林等地;抗战后期,在昆明,闻一多、朱自清都积极参加过诗朗诵。朗诵诗和诗歌朗诵运动,在扩大诗歌的影响,推动诗歌大众化方面,起过积极作用,但限于知识分子阶层,未能普及到群众中去。

叙事长诗的丰收,是这时期诗歌创作中值得注意的现象,作者除艾青、田间、柯仲平、力扬、臧克家、李季、阮章竞、张志民……外,写小说的老舍,这时也用大鼓调写了叙事长诗《剑北篇》,有一定特色。前两个十年,虽然也产生过长篇叙事诗,但数量不多,高质量的作品少。茅盾认为,诗歌"'从抒情到叙事','从短到长',虽然表面上好像只是新诗的领域的开拓,可是在底层的新的文化运动的意义上,这简直可说是新诗的再解放和再革命"。①

政治讽刺诗的勃然兴起,也是这时期新诗品种、诗体的一个开拓与发展。政治讽刺诗,是向往光明的诗人们面对黑暗现实而从内心里迸发出来的火花。"五四"以来,白话讽刺诗的创作是一个薄弱环节。"左联"时期,曾出版过讽刺诗集,但成绩不太显著。这时期的政治讽刺诗,做到了叙事与抒情结合,形象描绘与政论说理结合,内容与形式都有所创新。特别是《马凡陀的山歌》,在我国现代文学史上占有重要地位。

十二年来,新诗创作在诗体上,既有自由诗,也有格律诗、楼梯式诗;既有在古典诗歌和民歌基础上发展起来的富有民族形式的新诗风格,也有采用外来形式,探索使之中国化的尝试。诗人们解放思想,敢想敢干,为新诗体的建设纵横驰骋,大胆创新,作出了可贵的贡献。

我完全同意茅盾在《为诗人们打气》一文中,对诗人们在这一时期,在努力开拓新诗品种和诗体方面所作的探索的高度评价:"他们大胆地作了朗诵运动,大胆地作了街头诗运动,大胆地采用了民谣的风格,大胆地写长诗……,他们这种大胆地尝试,勇敢地创造的精神,我们一定要珍视,一定要赞美。"

---

① 茅盾:《叙事诗的前途》。

3. 向民族化方向迈进。

"五四"以来的新诗运动,对新诗的民族化、大众化,作了一定的努力,但并未从根本上解决问题。抗战期间,开展关于"民族形式"的讨论,诗人们认为毛泽东同志提出的"新鲜活泼的,为中国老百姓所喜闻乐见的中国作风与中国气派",同样是创造新诗的民族形式的正确方向。他们在深入群众中,思想感情起了变化,又亲身体验到群众的生活和艺术爱好,迫切希望通过自己的创作实践进行新诗民族化、大众化的探索与尝试。

有些诗人企图通过加重新诗的传统色彩,使新诗步入工农兵的行列。如柯仲平的《边区自卫军》、老舍的《剑北篇》,在利用旧形式方面,都取得了不容忽视的成绩,但效果不很理想。老舍自己承认《剑北篇》"旧的成分太重了"。何其芳在肯定柯仲平成就的同时,指出其缺点是"不现代化",一部分旧形式"利用得不适当"。这说明,新诗的民族化、大众化,应当是:使旧形式现代化,与新诗融为一体。

有的诗人,为了丰富新诗的表现技巧,采用外来形式或吸收西方现代派的某些艺术手法。实践证明,凡是能联系中国实际而加以消化的,便取得了成绩;欧化太重,晦涩反俗,就遭到非议。

要使新诗民族化、大众化取得丰硕的成果,诗人必须深入实际,熟悉群众,掌握旧形式,在诗人与群众结合的基础上,在新诗与民歌结合的基础上,对旧形式加以改造创新,使之适合于表现新人物的生活和斗争。李季、阮章竞等诗人的成功的创作经验,就说明了这一点。

新诗民族化、大众化的道路决非一途,也没有固定不变的模式。但总的原则应当是:诗人深入实际,表现时代生活;继承传统,使旧形式现代化;汲取外国营养,让外来形式中国化。

这部《中国新文学大系(1937—1949)·诗卷》,选入了一百九十五位诗人、三百九十一首诗,这是从这一历史时期产生的千百万首诗歌中选出来的。抗日战争、解放战争,是我国历史上伟大变革的时代,我们的诗歌也作出了无愧于时代和祖国的卓越贡献,给中国新诗史增添了独具特色的一章。今天回顾一下这十二年来诗歌创作的情况,一方面感到鼓舞和欣慰,一方面又觉得光芒四射、为诗史增辉的大作,还不够多。抗战时期,诗人即兴成篇的多,锤炼之功稍差,有些作品显得比较草率;抗战后期和解放战争初期,讽刺诗在反映人民的深重苦难以及他们反抗黑暗现实的志愿与实践方面,显得不太够,这与当时环境的局限和诗人深入生活不够有关。我们要通过总结过去,展望未来,创作出更多更好的无愧于社会主义时代的伟大诗篇。

一九九〇年八月二十五日

【高考真题】

一、下列作品的作者正确的一组是( )

(1993年全国语文高考试题)

《国际歌》词 《复活》《家》《女神》

A. 欧仁·鲍狄埃 阿·托尔斯泰 丁玲 郭沫若
B. 比尔·狄盖特 列夫·托尔斯泰 丁玲 艾青
C. 欧仁·鲍狄埃 列夫·托尔斯泰 巴金 郭沫若
D. 比尔·狄盖特 阿·托尔斯泰 巴金 艾青

答案:C

二、对下面这首诗的赏析,不恰当的一项是( )

(1999年全国语文高考试题)

我爱这土地
艾青

假如我是一只鸟,
我也应该用嘶哑的喉咙歌唱:
这被暴风雨所打击着的土地,
这永远汹涌着我们的悲愤的河流,
这无止息地吹刮着的激怒的风,
和那来自林间的无比温柔的黎明……
——然后我死了,
连羽毛也腐烂在土地里面。

为什么我的眼里常含泪水?
因为我对这土地爱得深沉……

1938年11月17日

A.诗人未用"珠圆玉润"之类词语而用"嘶哑"来形容鸟儿鸣唱的歌喉,使人体味到歌者经历的坎坷、悲酸和执著的爱。

B.关于"土地""河流""风""黎明"的一组诗句,抒写了大地遭受的苦难、人民的悲愤和激怒、对光明的向往和希冀。

C."然后我死了,/连羽毛也腐烂在土地里面。"这两句诗形象而充分地表达了诗人对土地的眷恋,而且隐含献身之意。

D."为什么我的眼里常含泪水?/因为我对这土地爱得深沉……"这两句诗中的"我",指喻体"鸟"而不是指诗人自己。

答案:D

三、阅读下面这首诗,完成下列两题。

(2000年全国语文高考试题)

金黄的稻束

郑敏

金黄的稻束站在
割过的秋天的田里,
我想起无数个疲倦的母亲,
黄昏路上我看见那皱了的美丽的脸,
收获日的满月在
高耸的树巅上,
暮色里,远山
围着我们的心边,
没有一个雕像能比这更静默。
肩荷着那伟大的疲倦,你们
在这伸向远远的一片
秋天的田里低首沉思,
静默。静默。历史也不过是
脚下一条流去的小河,
而你们,站在那儿,
将成为人类的一个思想。

1.对这首诗的解说,不恰当的一项是(   )

A."金黄的稻束站在/割过的秋天的田里"一句涉及的时间,从全诗看,除了"秋天"外,还隐指"暮色"降临之前。

B."黄昏路上我看见那皱了的美丽的脸",把"皱"与"美丽"并列,寓有讴歌母亲的劳动和感叹时光流逝之意。

C."你们/在这伸向远远的一片……"的诗句中,"你们"指诗歌的主要形象"金黄的稻束"。

D."历史也不过是/脚下一条流去的小河",这实际上就是稻束"低首沉思"的内容。

答案:D

2.对这首诗的赏析,不恰当的一项是( )

A.诗歌以"金黄的稻束"为中心形象展开联想,通过稻田、路上、天空、远山等空间性的位移,传达一时间性的主题——对劳动中生命力的消逝的沉思。

B.诗歌赋予"金黄的稻束"以积极、强烈的视觉印象和消极、"静默"无言的听觉感受,意在利用两者的不协调,把关注点从外在画面转向内在的生命感受。

C."金黄的稻束""收获日的满月"等形象都具有圆满意味,但诗歌未写收获日的快慰和满足,却引人思考劳动者母亲的"疲倦"。

D."肩荷着那伟大的疲倦"一句中的主体,应该是美丽的母亲,而不是如雕像一样站在"秋天的田里"沉思的"稻束"。

答案:D

四、下列有关文学常识的表述,错误的一项是( )

(2007年北京语文高考试题)

A.《再别康桥》、《雨巷》、《大堰河——我的保姆》、《乡愁》,分别是徐志摩、戴望舒、艾青、余光中的诗作。

B.巴尔扎克和卡夫卡都是著名小说家,前者是批判现实主义文学巨匠,后者是西方现代主义文学奠基人。

C.鲁迅曾对章回体长篇小说《儒林外史》的讽刺艺术给以很

高评价,这部小说的作者是清代的蒲松龄。

D.人称"小杜"的唐代作家杜牧,工诗善文,《过华清宫》和《阿房宫赋》都是他的名作。

答案:C

【学习思考】

一、闻一多在《诗的格律》一文中指出,诗歌是一种"带着镣铐跳舞"的艺术,请谈谈你的理解。

二、中国现代诗歌的发展,与外国诗歌有着密切的联系,试着举出几位有过交往的中外诗人,分析他们之间的内在联系与各自的特点。